CERTIFICAT D'ÉTUDES PRIMAIRES

COURS MOYEN suivi du COURS SUPÉRIEUR

RÉSUMÉS

DE

SCIENCES ÉLÉMENTAIRES

AVEC LEURS APPLICATIONS

A L'HYGIÈNE, A L'AGRICULTURE & A L'INDUSTRIE

Rédigés d'après les programmes officiels, et divisés conformément à l'organisation pédagogique du département du Nord

PAR

Alfred JONGLEUX

Instituteur public

I0564854

Cet ouvrage contient 250 sujets de rédactions donnés à l'examen du certificat d'études primaires.

2ᵉ ÉDITION (ORNÉE DE 110 GRAVURES)

LILLE

IMPRIMERIE-LIBRAIRIE CAMILLE ROBBE, ÉDITEUR
209, Rue Léon-Gambetta, 209

1896

APPRÉCIATION

De **M. Vaillant**, *Directeur de l'École normale d'Instituteurs de Laon.*

Mon cher Ami,

J'ai examiné votre intéressant opuscule, dans lequel vous avez condensé ce qu'il y a d'essentiel dans l'enseignement primaire des sciences. Vos résumés s'enchaînent logiquement; en les développant par un exposé succinct et en les éclairant par de nombreuses expériences faciles et simples, on aura un enseignement scientifique très suffisant pour nos écoles.

Toutes mes félicitations, etc.

VAILLANT.

RÉSUMÉS

DE

SCIENCES ÉLÉMENTAIRES

AVEC LEURS APPLICATIONS

A L'HYGIÈNE, A L'AGRICULTURE & A L'INDUSTRIE

Rédigés d'après les programmes officiels, et divisés conformément à l'organisation pédagogique du département du Nord

PAR

Alfred JONGLEUX

Instituteur public

Cet ouvrage contient 250 sujets de rédactions donnés à l'examen du certificat d'études primaires.

2ᵉ ÉDITION (ORNÉE DE 110 GRAVURES)

LILLE

IMPRIMERIE-LIBRAIRIE CAMILLE ROBBE, ÉDITEUR
209, Rue Léon-Gambetta, 209

CH. GAULON, LIBRAIRE-DÉPOSITAIRE, 39, RUE MADAME, PARIS

1896

AVANT-PROPOS

C'est surtout dans l'enseignement scientifique qu'il est nécessaire de faire une constante application de l'aphorisme pédagogique : « Enseigner, c'est choisir. »

Le domaine des sciences est, en effet, si étendu. que l'on est contraint, à l'école primaire. de se maintenir scrupuleusement dans le cercle des connaissances pratiques indispensables. Tel est, du reste, l'esprit des programmes officiels. Sans cette mise au point, l'enseignement resterait vague et superficiel et ne donnerait que des résultats décourageants.

Il importe donc de faire un choix judicieux des sujets à traiter et de doser la matière des leçons, de façon à l'approprier à la capacité intellectuelle de nos écoliers. En oubliant de dresser cet inventaire au début de l'année scolaire, on s'exposerait à négliger des questions essentielles.

Malheureusement, un pareil travail, pour être mené à bonne fin, exige un temps considérable. C'est pourquoi nous avons cru rendre un réel service à nos collègues en publiant cet opuscule.

Nos *Résumés* aideront le maître dans la préparation de sa classe en lui fournissant un plan qui lui sera loisible de développer plus ou moins, suivant les besoins de son enseignement. Ils lui seront d'un grand secours pour préparer efficacement ses élèves à l'examen du certificat d'études modifié par l'arrêté ministériel du 25 décembre 1891. L'épreuve de rédaction portant fréquemment sur un sujet scientifique, il serait peu prudent de s'en rapporter exclusivement aux leçons orales, qui ne laissent trop souvent dans la mémoire que des traces fugitives. L'étude des résumés s'impose, ainsi que l'usage des devoirs écrits.

Nous n'avons pas besoin de dire qu'un résumé ne peut, à aucun titre, suppléer l'exposé oral de l'instituteur ; s'il vaut quelque chose, c'est seulement après qu'il a été commenté et vivifié par la parole du maître L'étude d'un résumé doit toute son utilité à ce qu'elle met en jeu l'association des idées ; une phrase, un mot du texte appris par cœur suffisent pour remettre en mémoire toute une suite de faits et d'idées.

En ce qui concerne la pratique de la leçon, la méthode à suivre a une grande importance. Nous pensons qu'il faut amener les enfants à prendre une part active à la leçon, les guider et leur faire trouver eux-mêmes les réponses aux questions sou'evées. Il est indispensable de s'appuyer, lorsque le sujet le comporte, sur de petites expériences, et de placer toujours sous les yeux des élèves les objets dont on parle ou tout au moins leur représentation figurée.

Rationnellement enseignées, les sciences peuvent servir efficacement aux fins de l'éducat on non moins qu'à celles de l'instruction. « Elles contribuent, dit M. Elie Pécaut, à plier la jeune intelligence sous une forte discipline, à la dresser à des habitudes d'observation rigoureuse et pénétrante, d'investigation à la fois prudente et hardie, à la doter, enfin des habitudes de l esprit scientifique. »

Nous avons essayé d'être simple, d'être clair, malgré la nécessité de renfermer souvent beaucoup de notions en peu de mots. Nous nous sommes aussi efforcé d'éviter la sécheresse et l'aridité en éliminant de parti pris, quand ils sont inutiles, tous les grands mots scientifiques et en orientant nettement les leçons vers les applications pratiques.

On trouvera, à la suite de chaque leçon et à la fin de l'opuscule, des sujets de rédaction donnés au certificat d études dans toute la France depuis 1892. Ces devoirs, au nombre de 250. embrassent toutes les questions qui peuvent être proposées à cet examen ; ils suffisent largement aux besoins pour la durée de la scolarité dans les cours moyen et supérieur. Ceux qui ne seront pas traités par écrit, faute de temps, pourront être développés oralement en commun ; c'est une pratique qui donne d'excellents résultats. Certains sujets importants sont proposés plusieurs fois sous d s formes différentes ; il est bon, en effet, de familiariser les élèves avec les différents aspects sous lesquels une même question peut être présentée.

Tel qu'il est, nous soumettons notre modeste travail à la bienveillante appréciation de nos collègues, heureux si nous avons atteint notre unique but : celui de leur être utile.

Alfred JONGLEUX.

COURS MOYEN

MOIS D'OCTOBRE

PROGRAMME. — *L'homme.* — Le squelette. Digestion. Circulation. Respiration.

1re LEÇON. — **Le Squelette.**

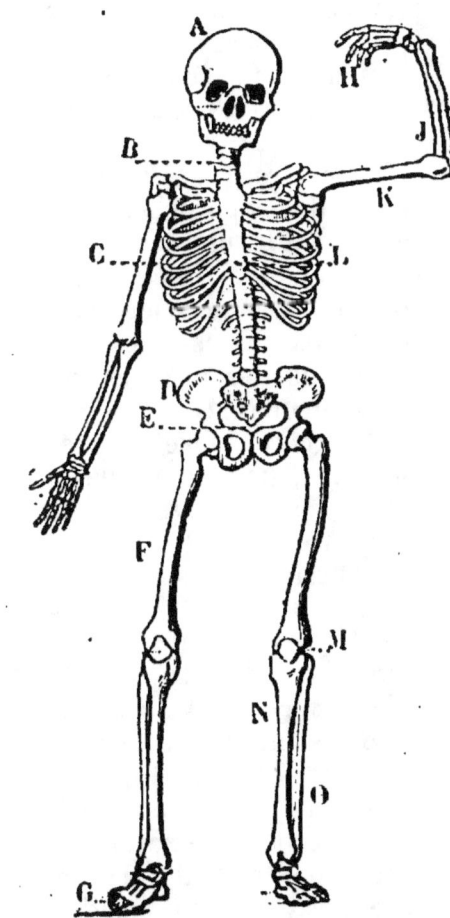

FIG. 1. — Squelette.

A crâne, B extrémité supérieure de la colonne vertébrale, C côtes, D bassin, E extrémité inférieure
de la colonne vertébrale, L sternum, K humérus,
I cubitus, J radius, H doigts, F fémur, M ro-
tule, N tibia, O péro é, G orteils.

Le corps de l'homme est
soutenu par les os, dont l'ensemble forme le **squelette**.
Celui ci comprend : le *crâne*,
la *colonne vertébrale* et les
os des membres.

Le **crâne**, boîte osseuse
de la tête, contient le cerveau. On y remarque les
trous des yeux, du nez, des
oreilles, la mâchoire supérieure, qui es fixe, et la mâchoire inférieure qui est
mobile.

La **colonne verté-
brale** est une pile de 33 os
nommés *vertèbres* : elle soutient les côtes, qui s'attachent en avant au sternum et
forment la cage du thorax
(poitrine). Elle s'appuie en
bas sur les os du bassin
(hanches).

Les os du **membre su-
périeur** sont : l'humérus
(bras); le cubitus et le radius (avant-bras); les os du
poignet et des doigts. Le
bras est relié au corps par
les os de l'épaule.

Les os du **membre in-**

férieur sont : le fémur (cuisse); le tibia et le péroné (jambe), et les os du pied.

Aux articulations, les os sont reliés par des *ligaments articulaires*.

Sujet de rédaction.

Le squelette. — Son rôle, ses différentes parties. Les articulations (*Gers*).

2ᵉ Leçon. — Les muscles.

Les **muscles** sont des masses de chair dont la fonction

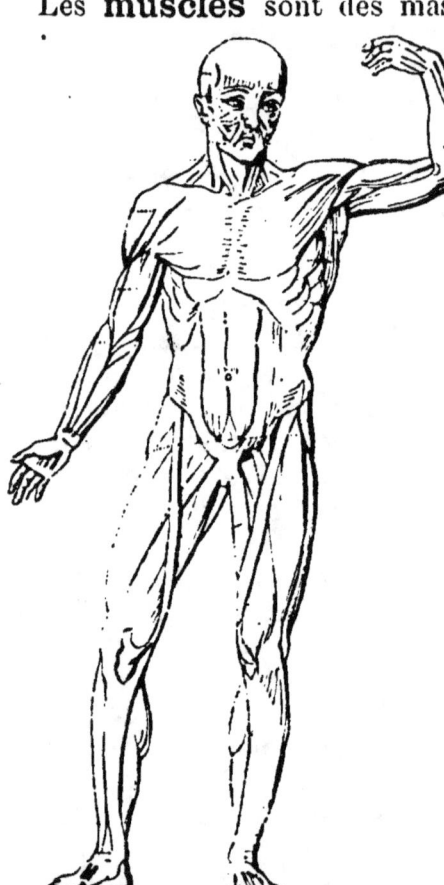

est de faire mouvoir les os. Ils se rattachent aux os par des espèces de cordes blanches appelées *tendons*.

Les muscles ont la propriété de se **contracter,** c'est-à-dire de se raccourcir : ils rapprochent ou éloignent les uns des autres les os auxquels ils sont attachés. Les muscles sont donc, avec les os et les articulations, les organes du **mouvement.**

L'exercice développe les muscles, leur donne de la force, de l'adresse et de l'agilité.

Il arrive, par suite d'accident, qu'un os est *fracturé,* que les os et les muscles des membres se déplacent (*entorse*), ou même que les muscles se déchirent (*luxation*).

En cas de fracture, d'entorse ou de luxation, il faut, en attendant l'arrivée

Fig. 2. — Les muscles.

du médecin, maintenir les parties atteintes dans leur position naturelle, et combattre l'inflammation par des compresses d'eau fraiche.

Sujets de rédaction.

1. *Les muscles.* — Leur rôle. Comment se rattachent-ils aux os ? Le moyen de fortifier nos muscles (*Hautes-Alpes*).

2. Un maçon est tombé l'autre jour d'un échafaudage ; il s'est cassé la jambe. Ses camarades l'ont relevé et porté chez lui. Racontez l'accident et dites les soins qui lui ont été donnés jusqu'à l'arrivée du médecin (*Corrèze*).

3e Leçon. — **L'Appareil digestif.**

Les aliments que l'homme absorbe passent par une sorte de long canal appelé **appareil digestif**, qui comprend : la *bouche*, l'*arrière-bouche*, l'*œsophage*, l'*estomac* et les *intestins*.

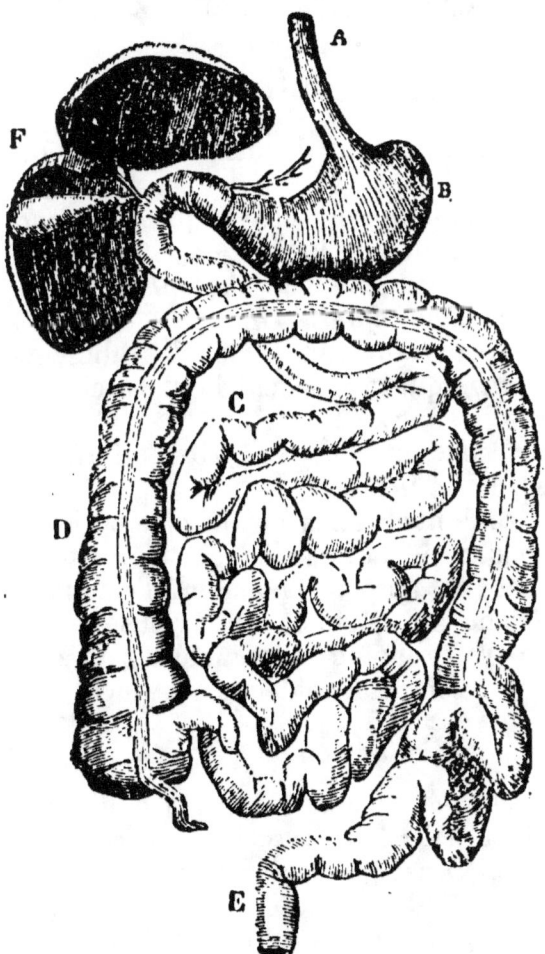

Les *dents*, les *glandes salivaires*, le *foie* et le *pancréas* contribuent aussi à la digestion.

La **bouche** renferme la *langue*, les *dents* et les *glandes salivaires* qui produisent la *salive*.

L'**arrière-bouche** et l'**œsophage** (long tube) font communiquer la bouche avec l'**estomac**, vaste poche située en haut du ventre. L'estomac fournit le *suc gastrique*.

L'**intestin grêle**, long tube

Fig. 3. — Appareil digestif.

A œsophage, *B* estomac, *C* intestin grêle, *D* gros intest
E anus, *F* poumons.

extrêmement replié, et le **gros intestin** font suite à l'estomac.

L'intestin grêle reçoit deux liquides digestifs : la *bile* secrétée par le **foie**, et le *suc pancréatique*, venant du **pancréas.**

L'estomac et les intestins sont contenus dans le ventre ou **abdomen** ; celui-ci est séparé de la poitrine par une cloison musculaire qu'on appelle le **diaphragme.**

Sujet de rédaction.

Décrivez succinctement l'appareil digestif chez l'homme (*Lotre*).

4ᵉ Leçon. — **La digestion.**

La **digestion** est la fonction par laquelle les aliments sont absorbés et assimilés.

Les aliments mis dans la *bouche* sont broyés par les *dents* et mouillés par la *salive*. A l'aide de la *langue*, ils passent dans l'*arrière-bouche* et descendent par l'*œsophage* dans l'*estomac*. De là, ils entrent dans l'*intestin grêle*.

En parcourant l'estomac et l'intestin grêle, les aliments rencontrent les *sucs digestifs* qui les rendent liquides et leur permettent de passer dans le sang.

Les résidus inutiles descendent dans le *gros intestin* et sont expulsés au dehors par l'*anus*.

On prévient la carie des dents en les lavant chaque jour. Pour éviter les indigestions, il ne faut pas manger trop vite ni avec excès. L'abus de l'alcool est aussi très nuisible à l'estomac.

Les intestins sont le siège de maladies contagieuses dont les plus graves sont la fièvre typhoïde et le choléra; on s'en préserve en ne buvant en temps d'épidémie que de l'eau bouillie.

Sujets de rédaction.

1. Dites pourquoi nous mangeons, par quels organes passent les aliments, et les transformations successives que subissent ces aliments. Terminez en indiquant les prescriptions hygiéniques relatives à l'alimentation (*Marne*).

2. Ne mangeons point gloutonnement. Nécessité d'une complète mastication : le rôle de la salive ; conséquences de la gloutonnerie pour l'estomac (*Vienne*).

5e Leçon. — **Le sang.**

Le **sang** porte dans tous nos organes la nourriture qui leur est nécessaire.

En l'examinant au microscope, on voit que c'est un liquide jaunâtre dans lequel flotte une quantité considérable de petits *globules* rouges.

Il circule dans les *artères* et les *veines*.

Dans le **sang artériel,** les globules sont d'un rouge vermeil ; leur coloration est due à l'oxygène qu'ils puisent dans l'air. Dans le **sang veineux,** ils sont d'un rouge noirâtre et chargés d'acide carbonique.

On appelle **hémorragies** les pertes de sang. Le sang sortant d'une artère est rouge et coule par saccades ; il faut l'arrêter en comprimant l'artère entre la blessure et le cœur. Le sang sortant d'une veine est noir et coule en bavant ; on comprime alors du côté opposé au cœur. Dans les deux cas, on applique sur la blessure de la charpie imbibée d'eau phéniquée ou, à son défaut, d'alcool ou de vinaigre. Si le sang ne cesse de couler, on imbibe la charpie d'une eau contenant quelques gouttes de perchlorure de fer ou un peu d'alun.

Sujets de rédaction.

1. *Le sang.* — Expliquez de quoi il est formé, à quoi il sert, comment il se purifie et se régénère (*Meuse*).

2. Pendant la récréation, un de vos camarades s'est coupé assez grièvement. Après avoir pansé la blessure, votre instituteur a profité de la circonstance pour vous exposer ce qu'il faut faire en pareil cas et comment on reconnaît s'il est indispensable d'appeler un médecin. Votre maître a été amené à vous parler de la circulation du sang, du cœur, des vaisseaux sanguins. Racontez cet accident et dites ce que vous avez retenu des conseils de votre maître (*Seine-Inférieure*).

6e Leçon. — **La circulation.**

La **circulation** est la fonction par laquelle le sang est porté dans toutes les parties du corps pour nourrir les organes.

Le **cœur,** sorte de muscle creux, lance le sang dans les

1* Nord

artères, qui le portent par tout le corps ; le sang passe ensuite dans les **vaisseaux capillaires.** Dans son trajet à travers le corps, le sang, qui était rouge vermeil et chargé de matières nutritives, devient noir et impropre à entretenir la vie. Il est alors ramené au cœur par les **veines.** De là, il est lancé dans les **poumons** où il se purifie au contact de l'air. Redevenu rouge et vivifiant, il retourne au cœur, d'où il est de nouveau projeté dans les artères.

Lorsqu'on comprime une artère, on sent un battement régulier dû au passage du sang : c'est le **pouls.** Le nombre des pulsations est de 70 environ par minute ; lorsqu'on a la fièvre, elles sont beaucoup plus rapides : 100 à 130 par minute.

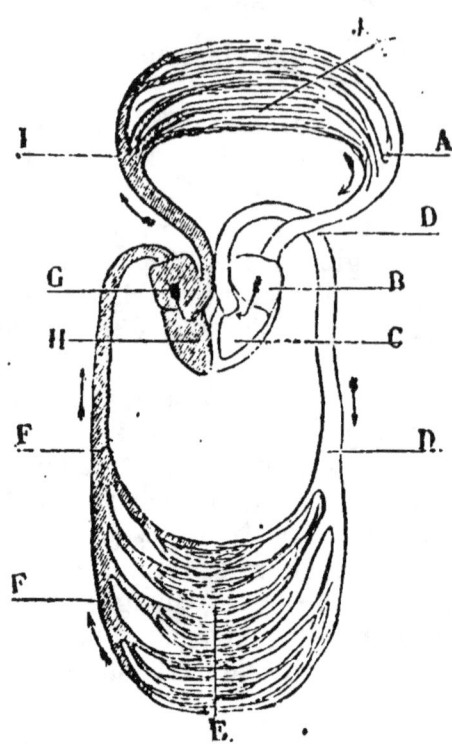

FIG. 4. — Circulation du sang.

Le sang rouge lancé par le cœur *C* arrive, par les artères *D*, dans tout le corps *E* où il devient noir. Le sang noir est ramené, par les veines *F*, au cœur *G*, d'où, en *H*, il est lancé par les conduits *I* dans les poumons *J*. Redevenu rouge, il est ramené, par les conduits *A*, au cœur *B*.

Sujets de rédaction.

1. Dites ce que vous savez sur la circulation du sang chez l'homme (*Oise*).

2. Qu'est-ce que le sang ? Comment circule-t-il ? Qu'est-ce qui produit le pouls ? (*Haute-Garonne*).

7e Leçon. — L'appareil respiratoire.

Les organes de la **respiration** sont : la *trachée-artère,* les *bronches* et les *poumons.*

La **trachée-artère** est un tube qui part de l'arrière-bouche et descend dans la poitrine. Elle se divise bientôt en deux conduits, les **bronches**, qui se ramifient en une foule de canaux très déliés auxquels viennent s'accoler des vaisseaux capillaires : ceux-ci contiennent le sang impur venant du cœur. Les bronches s'enfoncent dans deux gros organes, les **poumons**, logés dans la poitrine, l'un à droite, l'autre à gauche du cœur. L'ensemble des poumons ressemble à une éponge.

Les bronches peuvent s'enflammer sous l'influence du froid, et cette maladie est la *bronchite*. L'inflammation du tissu pulmonaire détermine la *pneumonie* ou fluxion de poitrine. Les poumons sont entourés d'une membrane, la *plèvre*, dont l'inflammation constitue la *pleurésie*.

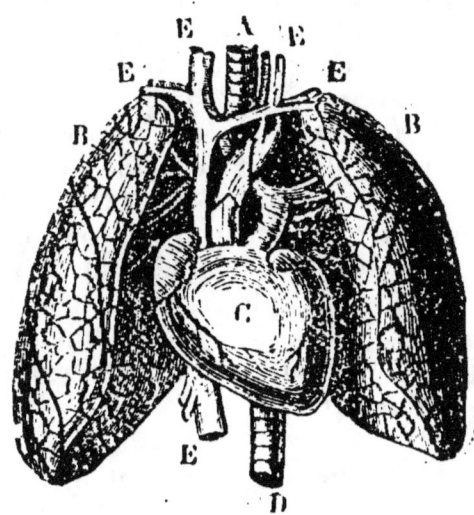

Fig. 5. — Appareil respiratoire.

A trachée-artère, BB poumons, C cœur, D artère-aorte qui distribue le sang venant du cœur et allant aux diverses parties du corps, EEE veines rapportant au cœur le sang des diverses parties du corps.

Sujet de rédaction.

Par quels organes respirons-nous ? Description sommaire de l'appareil respiratoire de l'homme (*Vendée*).

8e Leçon. — La respiration.

La **respiration** comprend deux actes : nous aspirons l'air pur du dehors (*inspiration*) et nous renvoyons l'air vicié au dehors (*expiration*).

L'air aspiré passe par un conduit appelé **larynx** (organe de la voix), puis par la **trachée-artère**, et va se distribuer dans les deux **poumons**.

Dans les poumons, l'air se trouve en présence du **sang** lancé par le cœur et lui abandonne son oxygène en échange de l'acide carbonique que contient le sang. L'oxygène transforme le sang noirâtre et impur en sang rouge et actif ; il brûle les résidus de l'organisme et maintient la température de notre corps à 37 degrés.

Toute cause qui empêche la respiration de s'effectuer amène la mort par **asphyxie**. Les noyés et les pendus sont des asphyxiés. On peut sauver un asphyxié en le frictionnant avec de l'eau-de-vie ou du vinaigre et en pratiquant la *respiration artificielle*.

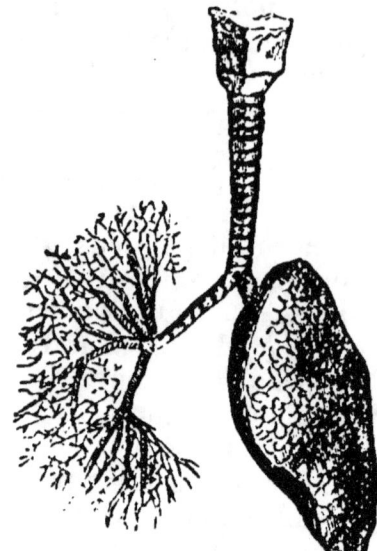

Fig. 6. — Ramifications des bronches.

Sujets de rédaction.

1. Vous expliquerez à un de vos camarades, qui n'assistait pas à la leçon, comment se fait la respiration chez l'homme et ce qu'on entend par l'asphyxie (*Aube*).

2. *L'asphyxie.* — Principaux cas où elle se produit. Premiers soins à donner aux asphyxiés en attendant l'arrivée du médecin (*Loir-et-Cher*).

MOIS DE NOVEMBRE

PROGRAMME. — *L'homme*. — Le système nerveux, les sens.

9e LEÇON. — **Le Système nerveux.**

Le **système nerveux** nous donne la faculté de sentir et de connaître (*fonction de sensibilité*) et celle d'exécuter des mouvements volontaires (*fonction de locomotion*).

Le système nerveux comprend le *cerveau*, la *moelle épinière* et les *nerfs*.

Le **cerveau**, renfermé dans le crâne, est formé d'une substance molle. Il est recouvert par trois membranes appelées *méninges* dont l'inflammation constitue la méningite. Le cerveau est le siège de l'intelligence et de la volonté.

La **moelle épinière** est une sorte de cordon de substance blanche ; elle est logée dans le canal de la *colonne vertébrale*.

Les **nerfs** sont des filaments blancs extrêmement nombreux qui partent du cerveau et de la moelle épinière et se distribuent dans toutes les parties du corps.

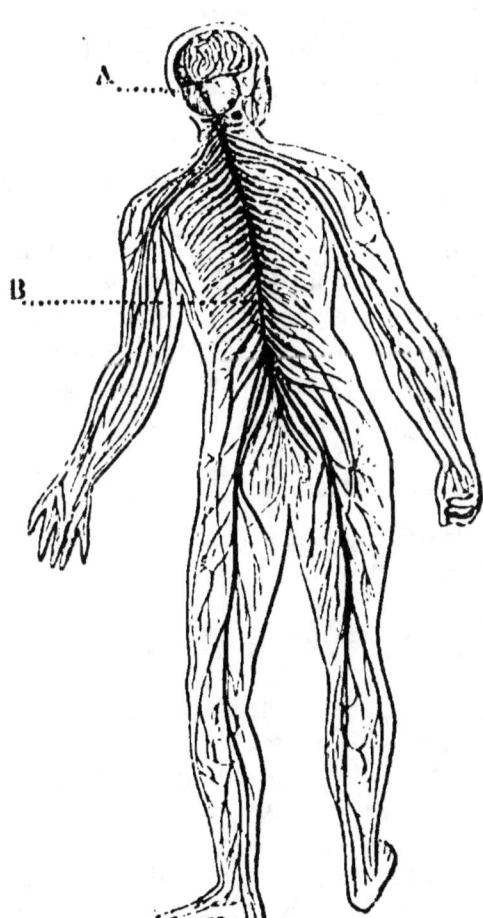

FIG. 7. — Système nerveux.

Du cerveau A part la moelle épinière B, qui est logée dans le canal vertébral. De la moelle épinière partent des nerfs.

Sujet de rédaction.

Le système nerveux. — Ses parties principales. Fonctions qu'il remplit. (*Landes*).

10ᵉ Leçon. — **Les nerfs sensitifs et les nerfs moteurs.**

Il y a deux sortes de nerfs : les *nerfs sensitifs* et les *nerfs moteurs*.

Les **nerfs sensitifs** apportent au cerveau les *sensations* qui viennent soit de notre corps, soit du dehors, par l'intermédiaire des *sens*. Si je touche un objet froid avec la main, les nerfs qui y aboutissent portent au cerveau la sensation éprouvée.

Nous avons cinq sens : le *toucher*, le *goût*, l'*odorat*, l'*ouïe* et la *vue*.

Les **nerfs moteurs** emportent du cerveau les ordres de *mouvement* et les transmettent aux muscles de tout le corps. Si je veux que ma main se ferme, ma volonté est transmise par l'intermédiaire de la moelle épinière et des nerfs moteurs aux muscles de ma main qui agissent sur les os de cet organe.

Un membre est *paralysé* quand ses nerfs ne fonctionnent plus.

Sujet de rédaction.

Le rôle des nerfs. — Nerfs sensitifs, nerfs moteurs. Quand les nerfs ne fonctionnent-ils plus ? (*Haute-Savoie*).

11ᵉ Leçon. — **Hygiène du système nerveux.**

Le **système nerveux**, organisme très délicat, est le grand régulateur de la santé ; aussi doit-on le ménager.

L'excès de travail intellectuel, avec l'absence d'occupations manuelles, surexcitent le cerveau et peuvent produire la folie.

L'abus du tabac, de l'alcool et surtout de l'absinthe ont des conséquences très graves et amènent inévitablement la perte de la mémoire et de l'intelligence, l'imbécillité ou la folie.

Il arrive parfois que le sang sort des vaisseaux et s'épanche dans le cerveau (*hémorragie cérébrale*). Généralement, le malade est *paralysé* et en danger de mort.

D'autres fois, le sang arrive trop abondamment au cerveau et cause des étourdissements : c'est la *congestion cérébrale*, bien moins dangereuse que l'hémorragie cérébrale.

En attendant l'arrivée du médecin, il faut, dans les deux cas, tenir au malade la tête élevée, desserrer les habits, promener des sinapismes sur les jambes, et placer sur la tête des compresses d'eau froide.

Sujet de rédaction.

Hygiène du système nerveux. Connaissez-vous des maladies du système nerveux ? Quelles sont les conséquences de l'usage habituel des liqueurs alcooliques ? (*Calvados*).

12e Leçon. — Le toucher.

Le **toucher** ou *tact* est le sens qui nous permet d'apprécier la forme, la consistance et la température des corps. Son organe spécial est la **peau**, à la surface de laquelle aboutissent un grand nombre de nerfs sensibles.

On peut toucher avec toutes les parties du corps ; mais c'est particulièrement la **main** qui est propre à cette fonction, parce qu'elle peut se mouler sur les objets qu'elle palpe.

La peau est formée de deux couches : à l'extérieur, l'**épiderme**, membrane mince ; au-dessous, le **derme**, qui est plus épais.

L'épiderme se forme et se détruit continuellement ; il se soulève en cloche à la suite de l'application d'une ventouse ou d'un vésicatoire ou à la suite d'une brûlure. L'épiderme est recouvert de poils, sauf dans les mains et sous les pieds.

Le derme est la partie principale de la peau ; celui des animaux fournit le cuir.

Sujet de rédaction.

Le toucher. — Comment s'exerce ce sens ? Quelles notions nous donne-t-il ? Dites quelques mots de la peau (*Eure*).

13e Leçon. — Hygiène de la peau.

Dans l'épaisseur de la **peau** se trouvent des glandes nombreuses qui sécrètent la **sueur**. Ce liquide s'échappe à la surface de la peau par de petits trous appelés **pores**.

L'hygiène commande de tenir constamment la peau très

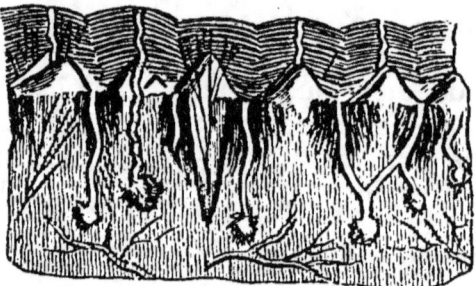

propre, afin de faciliter la sécrétion de la sueur. Il faut se laver fréquemment le corps et prendre des **bains**.

Il est très dangereux de se mettre au bain en sortant de table ; un intervalle de quelques heures est nécessaire. Dès qu'on se sent gagner par le froid, il faut sortir de l'eau et

Fig. 8. — Fragment de peau vu au microscope.

On y distingue des glandes à sueur avec leurs canaux.

s'habiller rapidement, car les refroidissements brusques sont dangereux.

La **chevelure** exige aussi des soins de propreté. Deux fois par semaine, on doit se savonner et se laver la tête ; c'est le moyen d'éviter les *poux* et la *teigne*.

La *gale*, cette dégoûtante maladie des gens sales, est due à la présence sous la peau d'une araignée très petite, le *sarcopte de la gale* ; les pommades soufrées en ont raison.

Sujets de rédaction.

1. Pourquoi, au point de vue de la santé seulement, faut-il entretenir la peau du corps dans un état constant de propreté ? Que faites-vous pour cela ? (*Aude*).

2. Conséquences que peut avoir pour la santé un brusque refroidissement. La sueur ; comment est-elle produite ; son rôle. Précautions à prendre quand le corps est en sueur (*Marne*).

14e Leçon. — Le Goût. — L'Odorat.

Le **goût** perçoit les saveurs et nous guide dans le choix des aliments. Une substance ne peut être goûtée que si elle fond dans la salive.

L'organe principal du goût est la **langue**, qui est recouverte de petits renflements nerveux appelés les *papilles* de la langue. Ces papilles reçoivent les sensations du goût et les

ransmettent au nerf sensitif de la langue qui se rend au
erveau.

L'odorat permet de percevoir les odeurs ; celles-ci sont
produites par des parties très fines qui se détachent des corps
odorants et viennent agir sur l'appareil de l'odorat.

L'organe de l'odorat est le **nez ;** il est formé par les
fosses nasales, cavités osseuses communiquant avec les voies
respiratoires et tapissées par une membrane recevant les
ramifications du nerf sensitif de l'odorat.

L'inflammation de la membrane du nez porte le nom de
rhume de cerveau ou de *coryza*.

Sujet de rédaction.

Le goût et l'odorat. — Dites ce que vous savez de ces sens et de
urs organes (*Alpes-Maritimes*).

15ᵉ Leçon. — **L'Ouïe.**

L'ouïe nous permet d'entendre les sons. Elle a pour
organe l'**oreille**, dont la partie extérieure est le **pavillon :**
la partie interne, qui
est la plus importante,
est placée dans une ca-
vité creusée dans un os
du crâne.

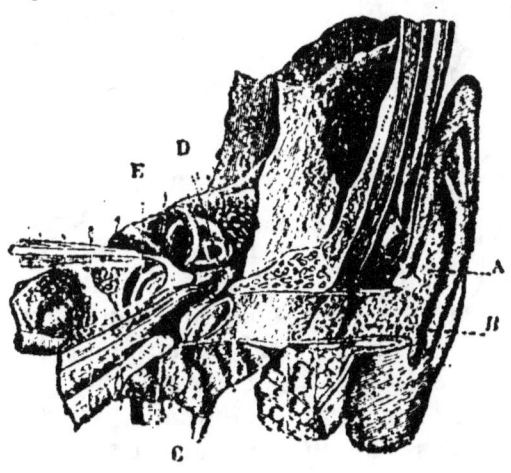

Les sons pénètrent
dans l'oreille par le
tube auditif. Au
fond de ce tube, ils
rencontrent le **tym-
pan,** membrane tendue
comme la peau d'un
tambour, et le font vi-
brer. Sur le tympan s'ap-
puient de petits osse-
lets qui conduisent les
vibrations sonores jus-
qu'au nerf sensitif de

Fig. 9. — Oreille.

A pavillon, *B* tube auditif, *C* tympan, *D* chaîne de petits
osselets, *E* colimaçon dans lequel s'épanouit le nerf
auditif.

l'oreille ; celui-ci transmet au cerveau l'impression produite,
et nous avons la sensation du son.

Il se forme dans le tube auditif une matière jaune, le *cérumen*, qu'il faut ôter avec précaution, afin de ne pas déchirer la membrane du tympan.

On évite les maux d'oreilles et la surdité en se mettant en garde contre le froid et surtout contre les courants d'air.

Sujet de rédaction.

L'ouïe. — De quoi se compose l'oreille ? Comment avons-nous la sensation du son ? Quels soins faut-il prendre de l'oreille ? *(Tarn-et-Garonne).*

16ᵉ Leçon. — **La Vue.**

La **vue** nous permet de distinguer la couleur et la forme des objets. Son organe est l'**œil**, petit globe enveloppé d'une membrane opaque, le **blanc de l'œil** : celle-ci devient, en avant, transparente et s'appelle la **cornée**. En arrière de la cornée se voit un disque coloré, l'**iris**, percé d'un trou nommé **pupille**. Derrière l'iris est un corps ayant la forme d'une lentille, le **cristallin**.

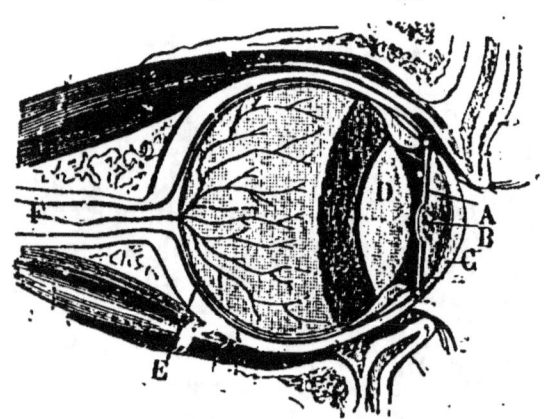

Fig. 10. — Œil.

A iris, B pupille, C cornée transparente, D cristallin, E rétine, F nerf optique.

Le fond de l'œil est tapissé par une membrane nerveuse la **rétine**, où vient se faire l'image des objets. La rétine est l'épanouissement du nerf sensitif de la vue, qui porte au cerveau les sensations reçues par l'œil.

Pour éviter la *myopie*, il ne faut pas s'habituer à lire de trop près. Si l'on tient à ne pas s'affaiblir la vue, il ne faut pas lire dans une demi-obscurité ou s'exposer à une lumière trop intense.

Sujets de rédaction.

1. *La vue.* — Description très sommaire de l'œil (la cornée, l'iris, la

pupille, le cristallin, la rétine). Où se forment les images ? Comment peut-on devenir myope ? (*Hérault*).

2. Combien l'homme a-t-il de sens ? Énumérez-les. Indiquez-en les organes. S'il est un sens que vous préférez aux autres, dites lequel et pourquoi (*Aisne*).

=========

MOIS DE DÉCEMBRE

PROGRAMME. — Division des animaux en *vertébrés, annelés, mollusques, zoophytes.*
Division des vertébrés en mammifères, oiseaux, reptiles, batraciens et poissons. Citer ou montrer des types.
Revision du trimestre.

17ᵉ LEÇON. — **Les trois règnes de la nature.**

La totalité des corps et des êtres qui existent dans la nature se divise en trois groupes distincts appelés les **trois règnes de la nature :**

1° Le **règne animal,** qui comprend les animaux;

2° Le **règne végétal,** qui comprend les végétaux ;

3° Le **règne minéral,** qui est l'ensemble des corps inorganiques : pierres, métaux, minerais, roches, air, eau, etc.

Un *animal* grandit, se meut, sent, vit et meurt.

Un *végétal* grandit, vit et meurt, mais il ne bouge pas et ne sent pas.

Un *minéral* reste immobile et sans changement si rien ne vient le déplacer ou le briser.

Sujets de rédaction.

1. *Les trois règnes de la nature.* — Quels sont les caractères distinctifs des animaux, des végétaux et des minéraux ? Citez des objets d'origine animale, végétale, minérale, servant à notre alimentation et à notre habillement (*Haute-Garonne*).

2. Quelles sont les ressources que nous empruntons au règne animal? Indiquez les produits que nous en tirons tous les jours (*Finistère*).

18ᵉ Leçon. — Classification des animaux.

On distingue deux grands groupes d'animaux : les **vertébrés,** qui ont des os et du sang rouge, et les **invertébrés,** qui n'ont ni os, ni sang rouge.

Exemples : le chat et la poule sont des vertébrés; la mouche et le colimaçon sont des invertébrés.

Les vertébrés tirent leur nom de leurs *vertèbres,* petits os percés d'un trou au centre, dont l'ensemble forme la colonne vertébrale.

Les **vertébrés** se divisent en cinq classes : 1° les *mammifères* ; 2° les *oiseaux* ; 3° les *reptiles* ; 4° les *amphibiens* ou *batraciens* ; 5° les *poissons.*

Les **invertébrés** comprennent trois classes : 1° les *annelés* ; 2° les *mollusques* ; 3° les *zoophytes.*

Sujet de rédaction.

Expliquez les différences qu'il y a entre les animaux à os et les animaux sans os. Citez des exemples (*Jura*).

19ᵉ Leçon. — Les vertébrés.

Outre leurs caractères généraux (os et sang rouge), chacune des cinq classes d'animaux **vertébrés** se distingue par des caractères particuliers.

Les **mammifères,** ou animaux à mamelles, ont quatre membres, sont couverts de poils et nourrissent leurs petits avec du lait. Exemple : le *chien.*

Les **oiseaux** sont organisés pour le vol et ont le corps couvert de plumes, deux ailes, deux pattes et un bec. Exemple : le *pigeon.*

Les **reptiles** ont le corps couvert d'écailles et rampent sur le sol avec ou sans membres. Exemple : le *lézard.*

Les **amphibiens** ou *batraciens* ont le corps nu et subissent des métamorphoses. Ils vivent dans l'eau pendant leur jeune âge et dans l'air à l'âge adulte. Exemple : la *grenouille.*

Les **poissons** ne vivent que dans l'eau, sont couverts d'écailles et pourvus de nageoires. Exemple : le *brochet.*

Sujet de rédaction.

Les vertébrés. — Caractères généraux. Division en cinq classes et caractères de chacune d'elles. Citez quelques types (*Lot-et-Garonne*).

20ᵉ Leçon. — Les invertébrés.

Les **invertébrés** ou animaux qui n'ont ni os ni sang rouge comprennent trois classes dont chacune présente des caractères particuliers.

Les **annelés** ont le corps composé d'anneaux placés bout à bout. Leurs membres, quand ils en ont, sont formés de parties articulées les unes sur les autres. Exemple : la *mouche*, le *ver de terre*.

Les **mollusques** ont la peau molle et, le plus souvent, le corps renfermé dans une coquille. Exemple : l'*escargot*, le *colimaçon*.

Les **zoophytes,** ou *animaux-plantes*, vivent dans les eaux ; à ne tenir compte que de la forme, ils ressemblent plus à des plantes qu'à des animaux. Leur corps est souvent découpé en rayons partant d'une sorte de noyau. Exemple : l'*étoile de mer*.

Sujet de rédaction.

Les animaux sans os. — Caractères des annelés, des mollusques et des zoophytes. Citez un ou plusieurs animaux de chaque sorte (*Ariège*).

MOIS DE JANVIER

Programme. — *Principaux mammifères.* Bimanes, quadrumanes, carnivores, etc.
Caractères et sujets principaux.
Principaux oiseaux. Passereaux, gallinacés, palmipèdes, etc. Oiseaux de proie diurnes et nocturnes.

21ᵉ Leçon. — Les mammifères.

Les **mammifères,** ou animaux à mamelles, ont quatre membres, sont couverts de poils et nourrissent leurs petits avec du lait.

Ils ont les membres conformés suivant leur manière d'être.

Il y a des *marcheurs* (ours), des *sauteurs* (lièvre), des *grimpeurs* (écureuil), des *coureurs* (cerf), des *fouisseurs* (taupe), des *nageurs* (loutre) ; enfin, quelques-uns sont organisés pour le *vol* (chauve-souris).

Parmi les mammifères, on distingue, d'après leur genre de

Fig. 11. — Tête de carnivore
(panthère).

Fig. 12. — Tête d'herbivore
(mouton).

nourriture, les *carnivores* (mangeurs de chair) et les *herbivores* (mangeurs d'herbe et de fruits).

Les **carnivores** ont, à chaque mâchoire, deux dents longues et pointues, les canines, faites pour déchirer la proie ; leurs dents molaires sont tranchantes, et leurs pattes sont armées de griffes. Le *chien* est un carnivore.

Les **herbivores** possèdent des molaires propres à broyer, et leurs pattes se terminent par des sabots ou par des griffes inoffensives. Le *bœuf* est un herbivore.

Sujets de rédaction.

1. Caractères des animaux mammifères. Division en carnivores et en herbivores. Diverses manières de se déplacer des mammifères. Donnez des exemples (*Var*).

2. Dites pourquoi le chien est un vertébré. Pourquoi il est un vertébré mammifère. Pourquoi il est un mammifère carnivore (*Lozère*).

22e Leçon. — Les mammifères carnivores.

Les **mammifères carnivores** ou *carnassiers* se divisent en plusieurs familles :

1° La famille des **chats**, qui comprend des bêtes féroces

redoutables : le lion d'Afrique, le tigre et la panthère d'Asie et la jaguar d'Amérique ;

Fig. 13. — Lion.

2° La famille des **chiens**, qui comprend le renard, le chacal, l'hyène et le loup. Ce dernier est le seul de la famille qui s'attaque à l'homme ;

3° La famille des **ours**, dont les spécimens les plus connus sont le terrible ours blanc des glaces polaires, et notre ours brun des Alpes et des Pyrénées.

Outre les carnivores proprement dits, il y a des **insectivores** ou mangeurs d'insectes (taupe, hérisson, musaraigne, chauve-souris) et des **piscivores** ou mangeurs de poissons (phoque, morse, baleine).

Fig. 14. — Baleine.

Sujets de rédaction.

1. Qu'appelle-t-on mammifères carnivores ? Qu'est-ce qui permet de les reconnaître à l'examen de leur corps ? Quels sont les principaux de ces animaux ? Dire quels sont les plus utiles à l'homme et aussi les plus dangereux (*Aveyron*).

2. Dites ce que vous savez du chat. Description. Services qu'il nous rend. Qualités. Défauts, etc. (*Haut-Rhin*).

23ᵉ Leçon. — Les mammifères herbivores.

Les principales familles des **mammifères herbivores** sont: 1° les **ruminants**, qui mâchent deux fois leurs aliments; ils portent deux cornes sur la tête et leurs pieds sont terminés par deux sabots (bœuf, mouton, chèvre, chamois, chevreuil, cerf);

2° Les **chevaux**, qui ont un seul sabot à chaque pied (cheval, âne);

3° Les **pachydermes**, énormes animaux à peau épaisse (éléphant, rhinocéros, hippopotame). On place aussi dans cette famille le sanglier et le cochon domestique;

4° Les **rongeurs**, qui rongent

Fig. 15. — Mouton.

Fig. 16. — Éléphant.

Fig. 17. — Orang-outang.

leurs aliments avec quatre incisives fort longues (lapin, lièvre, écureuil, castor). Certains rongeurs sont de véritables destructeurs de nos récoltes; ce sont: la souris, le rat, le mulot, le campagnol, le loir et le lérot;

Fig. 18. — Tête de lapin (rongeur).

Le lapin ronge ses aliments avec les longues incisives du devant de la mâchoire et il les mâche avec des molaires placées au fond.

5° Les **singes**, remarquables par leur intelligence et leur grossière ressemblance avec l'homme ;

6° Les **kangourous**, qui ont sous le ventre une poche où ils gardent leurs petits.

Sujets de rédaction.

1. Le cheval et la vache. Quels sont leurs caractères communs, différents ? Quels sont les animaux appartenant au même ordre que le cheval et la vache ? Où les trouve-t-on ? Services que nous rendent le cheval et la vache (*Creuse*).

2. Qu'appelle-t-on animaux ruminants ? Quels caractères les distinguent des autres mammifères ? Un mot sur chacun des ruminants domestiques (*Seine-Inférieure*).

21ᵉ Leçon. — Les mammifères utiles et les mammifères nuisibles.

Les principaux **mammifères** qui se rendent **utiles** à l'agriculture en faisant la chasse à ses ennemis sont le *chat*, la *chauve-souris* et les *insectivores*.

Le **chat** détruit un nombre considérable de rongeurs.

Fig. 20. — Hérisson et taupe.

La **chauve-souris** est un mammifère nocturne qui vole au moyen d'une membrane étendue de chaque côté entre les

pattes. Elle s'attaque aux insectes aériens.

Les **insectivores** chassent les insectes et dévorent les larves et les limaces. La **taupe** détruit beaucoup

FIG. 20. — Chauve-souris.

d'insectes, mais ses galeries bouleversent les cultures.

La plupart des **mammifères nuisibles** sont des rongeurs. La **souris** et le **rat** s'attaquent aux provisions;

FIG. 21. — Fouine.

le **mulot** et le **campagnol** dévorent les céréales et les racines dans les champs; le **loir** et le **lérot** détruisent les fruits dans les jardins.

La **martre**, la **fouine** et le **putois** font de grands ravages dans les basses-cours.

La **loutre** détruit le poisson dans les étangs et les rivières.

Sujets de rédaction.

1. Citez quelques animaux utiles au cultivateur, surtout ceux auxquels précédemment on faisait la guerre par suite de préjugés. Dites quels services ils rendent (*Rhône*).

2. Dites quels services nous rendent le hérisson et la chauve-souris. Que pensez-vous de ceux qui tuent ces animaux si utiles à l'agriculture ? (*Vosges*).

25ᵉ Leçon. — **Les oiseaux.**

Les **oiseaux** ont le corps couvert de *plumes*, des yeux à trois paupières, des oreilles sans pavillon, deux *ailes*, deux *pattes* terminées par des *doigts*, et un *bec* corné. Ils se reproduisent par des œufs qu'ils couvent pour en faire éclore les petits.

Parmi les oiseaux, on distingue, d'après leur genre de nourriture :

1° Les **carnivores** proprement dits (mangeurs de chair), qui ont un bec crochu pour déchirer leur proie, et

Bec de l'épervier
(carnivore).

Bec de la fauvette
(insectivore).

Bec du moineau
(granivore).

des pattes armées de griffes appelées *serres* pour la saisir. Exemple : l'*aigle*;

2° Les **insectivores** (mangeurs d'insectes), qui sont de petite taille et ont un bec droit, grêle et pointu. Exemple : la *fauvette*;

3° Les **piscivores** (mangeurs de poissons). Exemple : la *cigogne*;

4° Les **granivores**, qui ont un gros bec conique pour manger des graines. Exemple : la *poule* et le *moineau*.

Sujets de rédaction.

1° *Caractères distinctifs des oiseaux.* — Les oiseaux carnivores, les insectivores, les piscivores, les granivores En quoi les oiseaux nous sont-ils utiles ? (*Morbihan*).

2. *Les oiseaux.* — A quel embranchement du règne animal ils appartiennent ; en quoi ils se distinguent des mammifères. Leur utilité, leur agrément. Faut-il les détruire ? Comment vous comportez-vous à leur égard ? (*Eure-et-Loir*).

26ᵉ LEÇON. — L'Œuf.

L'oiseau naît d'un œuf que la femelle pond et couve.

L'**œuf** est formé de trois parties principales : la *coquille*, le *blanc* et le *jaune*.

La **coquille** est pierreuse. Elle contient le **blanc** de

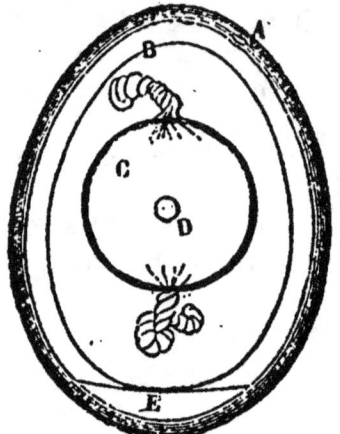

FIG. 23. — Coupe d'un œuf de poule.
A coquille, *B* blanc, *C* jaune, *D* germe, *E* chambre à air.

l'œuf ou *albumine*, substance gélatineuse et coulante. Dans le blanc nage une masse ronde, le **jaune**, à la surface duquel se trouve une tache blanche qui est le **germe** de l'oiseau.

Il y a un endroit où le blanc laisse une cavité appelée la **chambre d'air** dans laquelle l'air s'introduit en filtrant à travers la coquille.

La mère couve ses œufs et les maintient à la température de son corps. Le petit être se nourrit du jaune et du blanc ; il respire et se développe Au bout d'un certain nombre de jours, variable selon les espèces, il brise sa coquille : c'est **l'éclosion.**

Sujet de rédaction.

L'œuf. — Ses différentes parties. Expliquez comment se développe l'œuf de la poule pour donner un poussin (*Ain*).

27ᵉ LEÇON. — Les diverses espèces d'oiseaux.

Les oiseaux **carnivores** comprennent les *oiseaux de proie diurnes* (aigle, vautour, faucon, émerillon, milan, autour, épervier, émouchet, buse) et les *oiseaux de proie nocturnes* (chouette, hibou, chat-huant, grand-duc, effraie).

Les oiseaux **insectivores** les plus connus sont le pic, la pie, l'étourneau, le loriot, le merle, la mésange, la fauvette,

FIG. 24. — Fauvette.
(insectivore)

FIG. 25. — Patte de canard.
(palmipède).

le rossignol, le rouge-gorge, le roitelet, la bergeronnette, l'hirondelle, l'engoulevent et le martinet.

Les oiseaux **piscivores** se divisent en *échassiers* aux pattes très longues (cigogne, héron, grue, vanneau, courlis,

FIG. 26. — Milan.
(oiseau de proie)

FIG. 27. — Poule.
(granivore)

bécasse, poule d'eau, outarde) et en *palmipèdes* aux pieds palmés (canard, oie, cygne, goéland).

Les oiseaux **granivores** comprennent les *gallinacés* (poule, caille, perdrix, pintade, faisan, dindon, paon, ramier, pigeon) et une foule de *petits oiseaux* (moineau, pinson, bouvreuil, chardonneret, linotte, serin) portant en commun avec la plupart des insectivores le nom de *passereaux*.

Parmi les granivores figurent aussi le perroquet et l'autruche, le plus gros des oiseaux.

Sujets de rédaction.

1. Vous écrirez à l'un de vos camarades pour lui dire à quoi on reconnaît les palmipèdes ; vous lui parlerez des palmipèdes domestiques, des services qu'ils rendent (*Isère*).

2. Dites ce que vous savez sur l'oiseau que vous connaissez le mieux (*Côtes-du-Nord*).

28ᵉ Leçon. — Les oiseaux utiles et les oiseaux nuisibles.

La plupart des oiseaux sont des amis du cultivateur.

Les oiseaux de proie nocturnes sont voraces et détruisent une quantité innombrable de *rongeurs*. On doit donc réprouver la coutume barbare qui consiste à les détruire et à les clouer vivants sur les portes des granges.

Parmi les oiseaux les plus utiles, il faut citer les **insectivores**. Certains d'entre eux, tels que le roitelet et le martinet, détruisent plus d'un million d'insectes par an.

Dans le groupe nombreux des **granivores**, une foule sont très utiles au printemps, au moment des couvées, mais deviennent pillards l'été et l'automne. Tels sont le moineau, le bouvreuil, le chardonneret, la linotte et l'alouette.

Quelques oiseaux sont nuisibles. Les **oiseaux de proie diurnes** se nourrissent, suivant leur taille, de lapins, de lièvres, de perdrix, de cailles, de volailles et de petits oiseaux. Le *corbeau*, la *pie*, le *geai* et le *ramier* sont aussi nuisibles.

Fig. 28. — Hibou.

Sujets de rédaction.

1. Vous expliquerez à un de vos camarades l'utilité des oiseaux en général ; vous lui donnerez des détails et lui citerez des exemples à l'appui de vos assertions et des conclusions à tirer (*Calvados*).

2. Du rôle des petits oiseaux dans l'agriculture. Utilité, agrément. Que pensez-vous de ceux qui détruisent les nids ? Que pouvez-vous faire pour protéger les petits oiseaux ? (*Vosges*).

MOIS DE FÉVRIER

PROGRAMME. — *Les principaux reptiles*. Serpents venimeux et non venimeux Cautérisation des blessures. Tortues. Lézards.
Amphibiens. Grenouille. Crapaud.
Principaux poissons.

29ᵉ LEÇON. — Les Reptiles.

Les **reptiles** ont le corps couvert d'écailles et rampent sur le sol. Les uns ont des pattes courtes, comme les tortues et les lézards ; les autres n'ont pas de pattes, comme les serpents. Ils respirent par des poumons, se refroidissent en hiver et s'endorment.

Le sang des reptiles n'est guère plus chaud que l'air dans lequel ils vivent ; le contact de leur corps donne une sensation de froid.

Les femelles pondent des œufs dont la coquille est cornée ; elles les laissent éclore à la chaleur du soleil.

Les reptiles se divisent en trois groupes qui diffèrent beaucoup de forme les uns des autres : les *tortues*, les *lézards* et les *serpents*.

Sujet de rédaction.

Les reptiles. — .˙. quels caractères les distingue-t-on ? Citez-en quelques-uns, en insistant surtout sur ceux de nos pays (*Basses-Pyrénées*).

30ᵉ LEÇON. — Les tortues et les lézards.

FIG. 29. — Tortue.

Les **tortues** ont quatre membres, une tête à *bec* corné, et ont le corps enveloppé dans une *carapace*, boîte osseuse recouverte de larges plaques d'*écaille*. Cette enveloppe ne laisse apercevoir que la tête, les pattes et une queue très courte, que l'animal rentre à l'approche du danger.

On trouve dans le midi de la France de petites tortues terrestres et d'eau douce. Les grandes espèces vivent dans la mer.

Les **lézards** ont aussi quatre pattes ; leur peau est recouverte d'écailles. Ceux de nos pays sont petits et inoffensifs ; ils mangent des sauterelles, des vers et des limaces. Mais on

Fig. 30. — Crocodile.

rencontre dans les pays chauds de grands lézards appelés **crocodiles** (crocodile du Nil, gavial de l'Inde, caïman ou alligator d'Amérique), qui atteignent jusqu'à huit mètres de longueur. Les crocodiles ont une gueule monstrueuse armée de dents tranchantes et sont très redoutables à l'homme.

Sujet de rédaction.

Vous écrirez à un camarade ; vous lui parlerez des reptiles. A quels caractères les distingue-t-on ? Différentes sortes de reptiles. Vous citerez des reptiles parmi les plus gros, et vous insisterez surtout sur ceux du pays Sont-ils utiles ou nuisibles ? Comment ? (*Isé e*).

31ᵉ Leçon. — Les serpents.

Les **serpents** ont le corps très allongé et dépourvu de membres. Leur bouche est munie de dents pointues.

On les classe en deux groupes : les *serpents venimeux* et les *serpents non venimeux*.

Les **serpents venimeux** ont la mâchoire supérieure

armée de deux grandes dents (*crochets à venin*) creusées chacune d'un petit canal où coule le venin. La morsure du

Fig. 31. — Couleuvre.

cobra des Indes et celle du *serpent à sonnettes* d'Amérique déterminent la mort en quelques minutes.

En France, la *vipère* seule est venimeuse. En cas de morsure, il faut sucer la plaie, la faire saigner, poser une ligature au-dessus, puis cautériser au fer rouge ou avec de l'ammoniaque.

Tête de vipère.

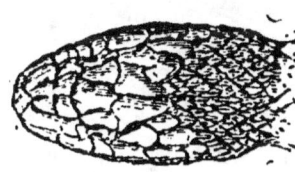

Tête de couleuvre.

Les serpents non venimeux n'ont pas de crochets. Dans nos pays on trouve la couleuvre qui est inoffensive et mange des insectes, des limaces et des mulots. Il ne faut pas la confondre avec la vipère ; celle-ci a la tête plate et triangulaire, tandis que la couleuvre a la tête arrondie.

Les *pythons* d'Afrique et les *boas* d'Amérique atteignent dix mètres de long et sont redoutables.

Sujet de rédaction.

Pendant une promenade, votre sœur a été mordue par un reptile que vous avez à peine eu le temps d'apercevoir. Vous l'avez soignée, mais vous désirez que le médecin vienne immédiatement la voir. Ecrivez-lui, faites-lui connaître l'accident et les soins qui lui ont été donnés (*Vosges*).

32ᵉ Leçon. — **Les amphibiens.**

Les **amphibiens** ou *batraciens* ont le sang froid, la peau nue et sans écailles. Ils vivent dans l'eau pendant leur

jeune âge et dans l'air à l'âge adulte; de là leur nom d'*amphibiens* (double vie).

Ils se reproduisent par des œufs mous et sans coque, d'où sortent des **têtards**, petits êtres sans pattes ayant le corps en boule et terminé par une longue queue. Les têtards vivent dans l'eau où ils respirent par des branchies comme les poissons.

Fig. 33. — Grenouille.

Peu à peu, il leur pousse quatre pattes, leur queue disparaît, et après avoir subi ces métamorphoses, ils deviennent des **grenouilles** ou des **crapauds** qui vivent dans l'air et, par suite, respirent avec des poumons. Ces animaux rendent de grands services à l'agriculture en mangeant des insectes, des vers et des limaces.

Le *lézard d'eau* est un amphibien qui a conservé sa queue en quittant l'état de têtard.

Sujet de rédaction.

La grenouille. — Ses métamorphoses. Comment respire le têtard, comment respire la grenouille. Son utilité pour l'agriculture (*Yonne*).

33e Leçon. — **Les poissons.**

Les **poissons** ne vivent que dans l'eau, où ils se meuvent au moyen de leurs **nageoires** placées sur le dos, sous le ventre, des deux côtés et à la queue. Leur corps est couvert d'écailles. Ils respirent par des **branchies** disposées comme des lames de peignes dans les **ouïes**. L'eau introduite dans la bouche du poisson passe sur les branchies; elle leur cède son oxygène dissous, prend à sa place l'acide carbonique apporté par le sang, et ressort par les ouïes.

Un grand nombre de poissons ont dans le corps une *vessie natatoire* pleine d'air qu'ils gonflent et dégonflent pour s'élever ou s'abaisser dans l'eau.

Les poissons ont des dents pointues qui leur servent à retenir leur proie. La plupart sont carnivores; quelques-uns sont herbivores, comme la carpe.

Ces animaux pondent des œufs mous et sans coque. Leur fécondité est prodigieuse. Ils se détruisent entre eux : les gros mangent les petits. De plus, l'homme leur fait une chasse continuelle.

On les divise en *poissons d'eau douce* et en *poissons de mer*.

Sujet de rédaction.

1. *Les poissons.*—Leurs caractères distinctifs. Comment ils respirent. Citez quelques poissons (*Vendée*).

2. Indiquez très sommairement comment se fait la respiration chez les poissons et en quoi leur appareil respiratoire diffère de celui de l'homme (*Gard*).

34e Leçon. — **Les poissons d'eau douce.**

Les **poissons d'eau douce** comprennent un grand nombre d'espèces dont la plupart ont la forme d'un fuseau aplati.

Le *brochet* et la *perche* sont très voraces et vivent de poissons. La *carpe* et la *tanche* vivent de matières végétales. La *truite* est surtout insectivore.

Fig. 34. — Carpe.

Citons encore l'*ablette*, la *brème*, le *barbeau* et le *goujon*.

L'*épinoche* construit au fond de l'eau un nid où elle soigne ses œufs jusqu'à l'éclosion.

L'*alose* et le *saumon* sont des poissons de mer qui remontent les cours d'eau pour y pondre leurs œufs. Les petits redescendent à la mer après l'éclosion.

L'*anguille* a la forme d'un serpent et la peau grasse et glissante. Elle rampe dans la vase à la recherche des petits poissons et des vers dont elle fait sa nourriture.

Tous ces poissons sont comestibles.

Sujet de rédaction.

Nommez les principaux poissons d'eau douce, en disant brièvement ce que vous savez sur chacun d'eux (*Deux-Sèvres*).

35ᵉ Leçon. — Les poissons de mer.

Les **poissons de mer** sont infiniment plus variés de

Fig. 35. — Hareng.

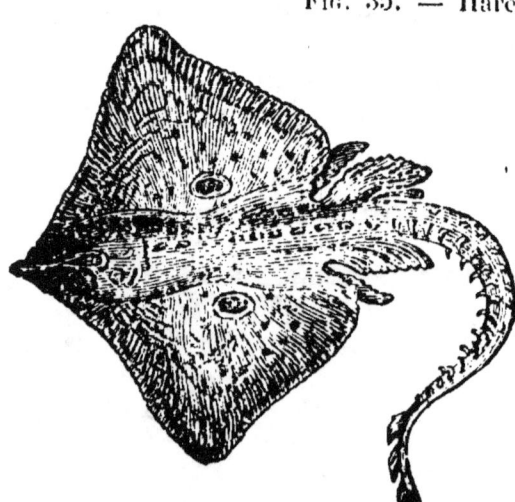

Fig. 36. — Raie.

formes et plus nombreux en espèces que les poissons d'eau douce.

Le *hareng* et la *sardine* paraissent en bandes innombrables sur les côtes de la mer du Nord et de la Manche. Le *thon* se pêche dans la Méditerranée On fait des conserves de harengs, de sardines et de thons.

La *morue*, qui se pêche aux environs de Terre-Neuve, se conserve desséchée au soleil. Une espèce voisine, le *merlan*, se pêche sur les rivages septentrionaux.

Les *poissons plats* les plus connus sur nos côtes sont : la *plie*, le *turbot* et la *sole*.

La *lamproie* et le *congre* ont la forme de l'anguille.

La *raie* est plate et a la forme d'un losange ; sa bouche se

Fig. 37. — Requin.

trouve au-dessous du corps. Une espèce voisine, le *requin*, est redoutable par sa férocité et sa taille, qui atteint dix mètres de longueur.

Sujet de rédaction.

Parlez des poissons de mer que vous connaissez. La baleine est-elle un poisson ? (*Loire-Inférieure*).

36° Leçon. — Les annelés.

Les **annelés** sont des animaux sans os dont le corps est composé d'une série d'anneaux ; leurs membres, quand ils en ont, sont formés de parties articulées les unes sur les autres. Leur peau est durcie en une enveloppe plus ou moins résistante.

Les annelés sont divisés en cinq classes :

1° Les **insectes** ont trois paires de pattes ; le corps comprend trois parties : la *tête*, le *corselet* et le ventre ou *abdomen*. Ex. : la mouche ;

2° Les **araignées** ont quatre paires de pattes ; le corps ne comprend que deux parties, la tête et le corselet étant soudés ensemble ;

3º Les **mille-pattes** ont une vingtaine de paires de pattes;

4º Les **crustacés** ont au moins cinq paires de pattes : la tête est soudée au corselet et un abdomen forme un tronçon distinct. Ex. : l'écrevisse;

5º Les **vers** n'ont pas de pattes : le corps est mou et tout d'une venue.

Sujet de rédaction.

Qu'appelle-t-on animaux annelés ? Comment les divise-t-on ? Indiquez les principaux caractères de chaque classe. Citez quelques types (*Lozère*).

MOIS DE MARS

PROGRAMME. — *Principaux insectes*. — Les vers; les araignées.

Les mollusques; les zoophytes.

Révision du trimestre.

37ª LEÇON. — **Les insectes.**

Les **insectes** ont le corps formé de trois parties : la *tête*, le *corselet* auquel s'attachent six pattes, et le ventre ou *abdomen*.

Certains insectes ont *4 ailes* (abeille, guêpe. fourmi, papillon, hanneton, bombyx, carabe, charançon, coccinelle, sauterelle, criquet, puceron, etc.); d'autres ont *deux ailes* (mouche, taon, cousin); d'autres enfin n'ont *pas d'ailes* (punaise, puce, poux).

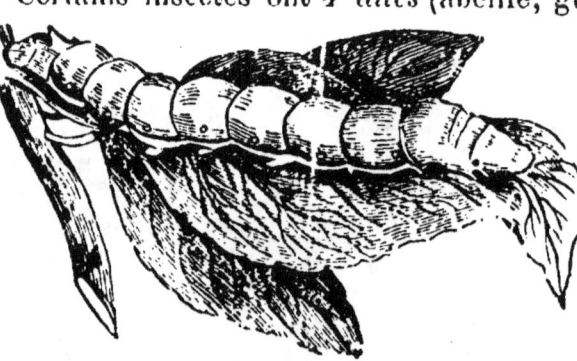

Ver à soie.

Les insectes pondent des œufs; le petit subit des **métamorphoses** avant d'être un insecte parfait.

Ainsi, le papillon du **ver à soie** pond ses œufs sur le

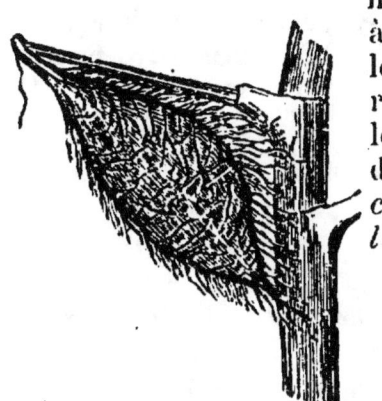

mûrier; les œufs donnent naissance à la *larve* (ver à soie), qui dévore les feuilles du mûrier et grandit rapidement. Au bout de 34 jours, le ver file la soie, qui sort liquide de sa bouche; il s'enferme dans un *cocon* et se transforme en *chrysalide*. 20 jours après, la chrysalide

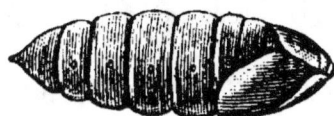

Cocon.   Chrysalide.

perce le cocon et s'en échappe sous la forme d'un *papillon*.

Sujets de rédaction.

1. *Les insectes.* — Leurs principaux caractères. Métamorphoses des insectes. Parlez de quelques insectes utiles (*Haute-Garonne*)

2. Un hanneton raconte ses métamorphoses et sa vie à un papillon, qui, à son tour, fait l'histoire de son passé (*Cher*).

38e Leçon. — Les insectes utiles.

Les insectes les plus utiles sont l'*abeille* et le *ver à soie*.

Les **abeilles** nous fournissent le *miel* et la *cire*. On les

élève dans des *ruches* où elles se construisent des *rayons* de cire composés de *cellules* à six pans. Celles-ci contiennent : les unes le *miel* que les abeilles y ont déposé; les autres du *couvain*, c'est-à-dire des œufs et des larves.

Les abeilles peuplant une ruche sont de trois sortes : les *ouvrières*, les *mâles* et la *reine*, la seule femelle qui ponde.

Fig. 39. — Abeille.

Le **ver à soie** est la chenille d'un papillon appelé *bombyx du mûrier*. On l'élève en grand dans des *magnaneries*.

Quand le ver a terminé son cocon, on le plonge dans l'eau bouillante pour tuer la bête, puis on dévide le fil de soie.

Quelques autres insectes nous rendent aussi des services. Le **carabe** se nourrit de chenilles, la **coccinelle** mange les pucerons, la **cantharide** sert en médecine, et la **cochenille** fournit le carmin.

Sujets de rédaction.

1. *Les abeilles.* — Dites ce que vous savez de leur manière de vivre, de leurs travaux et des services qu'elles nous rendent (*Haute-Marne*).

2. *Le ver à soie.* — Métamorphoses du ver à soie. Le cocon. Le papillon. Où produit-on la soie en France ? Où la travaille-t-on ? (*Seine-et-Oise*).

39e Leçon. — Les insectes nuisibles.

Ce sont surtout les **larves** des insectes qui sont nuisibles.

Les **chenilles** font de grands ravages sur les arbres et les arbustes ; elles filent des bourses où elles déposent leurs

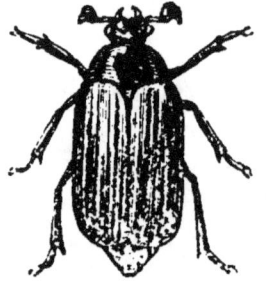

œufs. Les papillons qui proviennent des chenilles sont inoffensifs.

Certains insectes sont nuisibles pendant toute leur vie De ce nombre est le **hanneton**. Sa larve ou *ver blanc* vit

Hanneton.　　　　Ver blanc.

sous terre et dévore les racines ; l'animal parfait, le *hanneton*, mange les feuilles des arbres.

L'**altise** détruit les champs de colza ; **l'eumolpe écri-**

Fig. 41. — Charançon.
(grossi 8 fois)

Fig. 42. — Sauterelle.

vain rend les vignes malades ; le **charançon** mange nos récoltes de blé ; les **sauterelles** dévorent les moissons. Le **phylloxéra** détruit la vigne en rongeant ses racines ; c'est un terrible fléau.

Citons aussi la *punaise* des lits ; le *pou* et la *puce*, parasites de l'homme, dont on se préserve par la propreté

Sujets de rédaction.

1. Parlez des insectes nuisibles que vous connaissez. Montrez leurs ravages. Nécessité de les détruire Moyens à employer (*Var*).

2. *Les hannetons* — Leur place dans la classification animale Par quoi sont-ils caractérisés ? Leurs métamorphoses. A quelle époque ils apparaissent Dommages qu'ils causent, soit à l'état de larves, soit à l'état d'insectes parfaits. Leur destruction (*Seine-et-Marne*).

10ᵉ Leçon. — Les araignées. Les mille-pattes. Les crustacés. Les vers.

Les **araignées** diffèrent des insectes par leur corps, qui

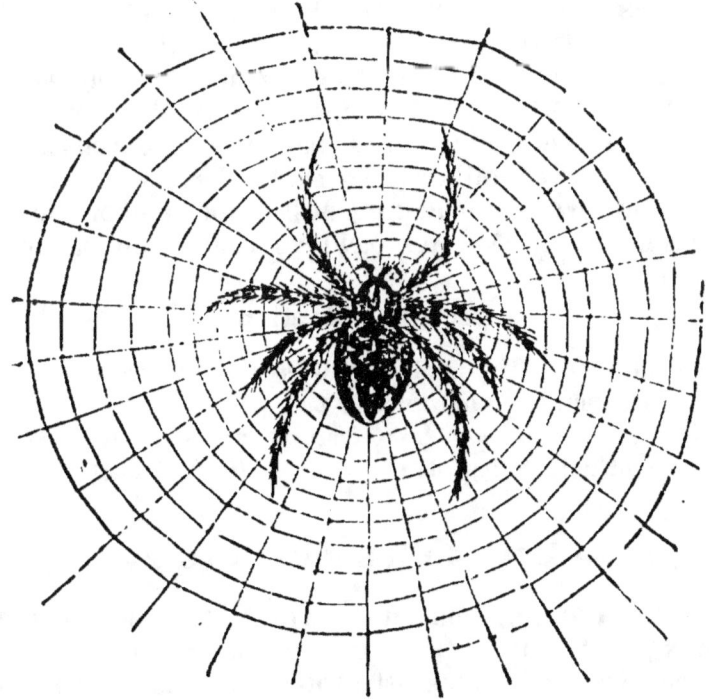

Fig. 43. — Araignée.

n'a que deux divisions ; de plus, elles ont huit pattes et sont dépourvues d'ailes. Elles filent une toile pour attraper les insectes dont elles se nourrissent

Les **mille-pattes** ont une vingtaine d'anneaux portant chacun une paire de pattes.

Les **crustacés** ont un corps à deux divisions protégé par une carapace, et au moins dix pattes. Ils sont aquatiques, respirent par des branchies et pondent des œufs. L'écrevisse, le homard, la langouste et la crevette sont très recherchés comme comestibles.

Fig. 44. — Crabe.

Les **vers** ont un corps tout d'une venue et sans pattes. Les uns vivent dans la terre, comme le *lombric* ou ver de terre ; d'autres vivent dans l'eau comme la *sangsue*. Les **vers intestinaux** vivent dans le corps des animaux et de l'homme et déterminent des maladies dangereuses. Tels sont le *tænia* ou ver solitaire ; l'*ascaride lombric* ; la *trichine*, dont on se préserve en ne mangeant la viande de porc qu'après une cuisson prolongée ; les *oxyures* rendus en paquet par les enfants.

Sujets de rédaction.

1. *Les araignées.* — En quoi elles diffèrent des insectes. Leur genre de vie. Sont-elles utiles ou nuisibles ? (*Cantal*).

2. *Les parasites de l'homme.* — Ceux qui se fixent sur notre corps. Ceux qui vivent à l'intérieur de nos organes (*Haute-Saône*).

41e Leçon. — **Les mollusques. Les zoophytes.**

Les **mollusques** ont un corps mou, non composé d'anneaux ; ils respirent par des branchies.

Le corps des mollusques est protégé chez les uns par *une*

coquille (escargot) ; chez les autres, par *deux coquilles* (huitre, moule) ; enfin, chez d'autres, il est *nu* (limaces et mollusques à tentacules, comme la

Fig. 45. — Escargot.   Fig. 47. — Huitre.

pieuvre, le calmar et la seiche). La coquille de certains mollusques fournit la *nacre* ; quelques espèces d'huitres donnent les perles. Les escargots sont recherchés des gourmets. Les limaces dévorent les feuilles et les jeunes pousses dans les jardins.

Les **zoophytes** ou animaux-plantes vivent dans les eaux au milieu des matières dont ils se nourrissent.

Parmi les zoophytes, citons l'*oursin*, qui a la forme d'une chataigne garnie de piquants ; l'*etoile de mer*, dont chacune des cinq branches est un animal ; l'*anémone de mer*, semblable à une large fleur. Les plus curieux zoophytes sont les *coraux* et les *éponges*.

Fig. 46. — Etoile de mer.

On trouve partout, sur la terre, dans l'air, dans l'eau, des animaux infiniment petits, appelés **infusoires.**

Sujets de rédaction.

1. *Les mollusques.* — Pourquoi leur donne-t-on ce nom ? Signalez les différences qui existent entre les mollusques et les annelés. N'y a-t-il

pas plusieurs sortes de mollusques ? Nommez quelques mollusques. *Ardèche*).

2. Citez trois mollusques comestibles et dites ce que vous savez sur chacun d'eux (*Landes*).

MOIS D'AVRIL

PROGRAMME. — Notions sommaires sur les différents organes d'une plante : fonctions de ces organes. **Physiologie végétale.** Durée de la vie des plantes.

12ᵉ LEÇON. — **La plante.**

La **plante** est fixée au sol par des *racines* qui se ramifient en *radicelles* ; elle élève en l'air une *tige* de laquelle partent des *branches* garnies de *feuilles*. A certains moments, la branche porte des *fleurs* qui donnent des *fruits* ; les fruits renferment la *graine*.

Les tiges des végétaux sont de tailles très diverses, depuis la *tige* de l'herbe et le *chaume* du blé, jusqu'au *tronc* de l'arbre.

Le **tronc** de l'arbre comprend quatre parties : la *moelle*, le *cœur* ou bois dur, l'*aubier* et l'*écorce*.

La *moelle*, située au centre, est blanche et molle ; le *cœur*, qui vient ensuite, est du bois dur, de couleur foncée. L'*aubier*

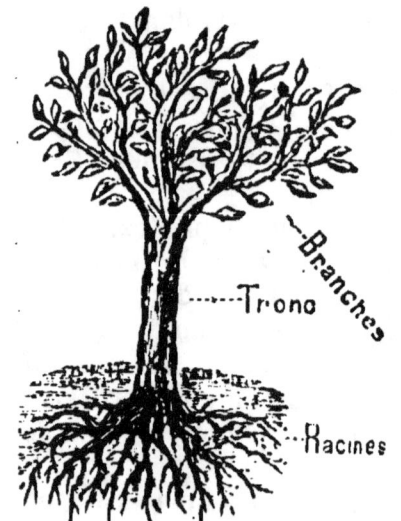

FIG. 48. — Arbre.

est du bois tendre et pâle ; il est recouvert par l'*écorce*. Le tronc est formé de couches ou cercles concentriques ; il s'accroît chaque année d'une couche nouvelle, de sorte qu'on évalue l'âge d'un arbre en comptant les cercles entre l'écorce et la moelle.

Sujets de rédaction.

1. Qu'est-ce qu'une plante ? Quels sont ses principaux organes ? Comment vit-elle ? (*Eure-et-Loir*).

2. Quelles sont les différentes parties des végétaux ? Lesquelles utilise-t-on dans les plantes que vous connaissez ? (*Manche*).

43e Leçon. — La feuille.

La **feuille** est composée de deux parties : le *pétiole* ou queue, attaché au rameau, et le *limbe* ou feuille proprement dite, lame verte munie de nervures.

Les deux faces du limbe sont percées d'un grand nombre de petites ouvertures par lesquelles l'air pénètre dans la feuille. Celle-ci contient une multitude de petits grains verts qui agissent sur l'acide carbonique de l'air et le décomposent sous l'action de la lumière du soleil ; le carbone nourrit la plante, et l'oxygène est rejeté dans l'air.

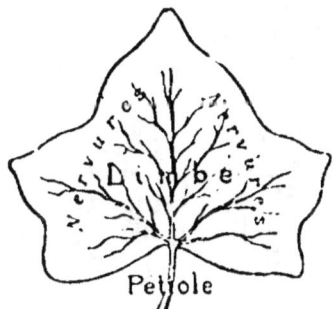

Fig. 49. — Feuille.

Les feuilles ont des formes très diverses. Quelques-unes présentent des divisions appelées *folioles* qui ressemblent à autant de feuilles distinctes. Telles sont les feuilles du rosier.

On trouve un *bourgeon* à l'aisselle de chaque feuille. Les bourgeons se développent au printemps. Il y en a de deux sortes : 1° les bourgeons à bois ou à feuilles ; 2° les bourgeons à fleurs ou à fruits, nommés aussi *boutons*.

Sujets de rédaction.

1. Faire la description d'une feuille et montrer le rôle des feuilles dans la végétation (*Orne*).

2. Un pommier dépouillé de ses feuilles par les chenilles dépérit ; dire pourquoi (*Gironde*).

44e Leçon. — **Nutrition des plantes**.

La nutrition des végétaux comprend plusieurs phénomènes.

Les plantes **absorbent** les matières minérales du sol par les racines, et les gaz de l'air par tous les organes, notamment par les feuilles.

La **sève**, liquide nourricier, **circule** dans des canaux infiniment petits. Elle monte et va dans les feuilles acquérir des propriétés nutritives, puis elle redescend dans la plante.

Les aliments absorbés sont **digérés** pour nourrir la tige et les organes.

L'absorption des gaz de l'air comprend deux fonctions distinctes :

1° Les parties vertes du végétal, sous l'influence de la lumière du soleil, décomposent l'acide carbonique puisé dans l'air, fixent le carbone dans la plante, et rendent l'oxygène à l'air;

2° Jour et nuit, le végétal **respire** par toutes ses parties, vertes ou non ; il prend de l'oxygène à l'air et rejette de l'acide carbonique.

Pendant le jour, la production d'oxygène dépasse de beaucoup celle d'acide carbonique. Dans l'obscurité, la *respiration* seule s'accomplit, et la plante rejette exclusivement de l'acide carbonique ; c'est pour cela qu'il est dangereux de laisser la nuit des plantes dans une chambre à coucher.

Sujet de rédaction.

1. Dire comment les plantes se nourrissent, respirent et s'accroissent. Utilité des arbres dans les grands centres de population. Citer les arbres forestiers que vous connaissez et dire à quels usages leur bois est ordinairement employé (*Creuse*).

2. Que devient une plante si on la déracine et pourquoi ? Expliquez comment la racine nourrit la plante. N'y a-t-il pas d'autres parties du végétal qui concourent à sa nutrition et quelles sont elles? (*Landes*).

45e Leçon. — **La fleur**.

Les organes de la fleur sont : 1° le **calice**, formé par les sépales ; 2° la **corolle**, formée par les pétales ; 3° les **étamines**, au centre de la fleur ; 4° le **pistil**.

Les étamines et le pistil sont les organes essentiels de la fleur. Certaines fleurs, comme celles du blé et du chêne, n'ont pas de corolle.

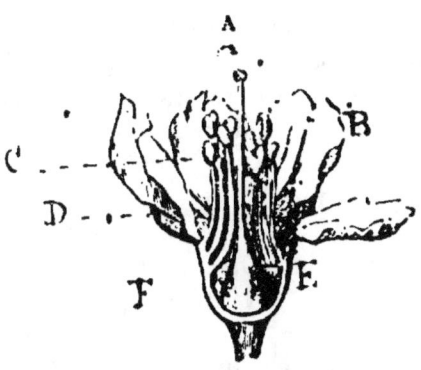

FIG. 50. — Fleur de l'abricotier.
(coupée verticalement).
A calice, B corolle, C étamines, D stigmate, E style, F ovaire.

Chaque **étamine** est terminée par un petit sachet appelé *anthère*, contenant le *pollen*, fine poussière jaune.

Le **pistil** comprend l'ovaire, surmonté du *style*, dont la partie supérieure, le *stigmate*, est imprégnée à sa surface d'un suc gluant qui retient le pollen lorsqu'il tombe.

L'ovaire, qui deviendra le fruit, contient les **ovules**, les futures graines. Celles-ci sont fécordées par le pollen, qui

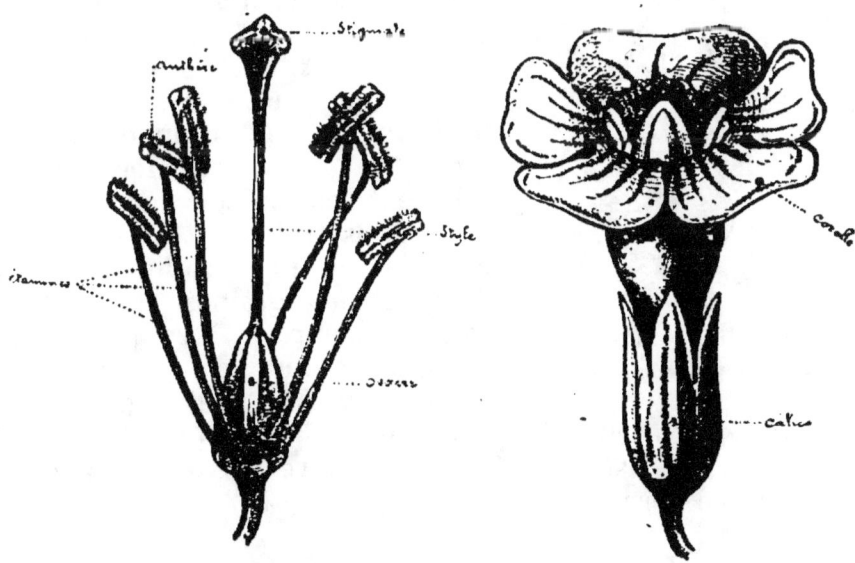

Différentes parties d'une fleur.

tombe sur le stigmate et pénètre dans l'ovaire par le canal du style. La *fécondation* est indispensable pour que l'ovaire se développe et devienne un fruit.

Sujets de rédaction.

1. *La fleur.* — Ses quatre parties. Ses organes essentiels. La fécondation de la fleur. Que devient l'ovaire ? (*Bouches-du-Rhône*).

2 Parlez de la fleur en général, de ses parties essentielles. Dites ce que l'on fait des fleurs et pourquoi on les aime (*Hautes-Pyrénées*).

46ᵉ Leçon. — **Le fruit.**

Lorsque la fleur est flétrie et que la corolle, le calice et les étamines sont tombées, il reste l'**ovaire,** qui grossit et devient le **fruit.**

On distingue deux parties dans le fruit : le *péricarpe* et la *graine.*

Dans les **fruits charnus** comme la pomme et la pêche, le *péricarpe* comprend la peau et la chair ; parmi ces fruits, les uns renferment des *pépins* (pomme, poire), et les autres un *noyau* (pêche, cerise) : ce sont les *graines.*

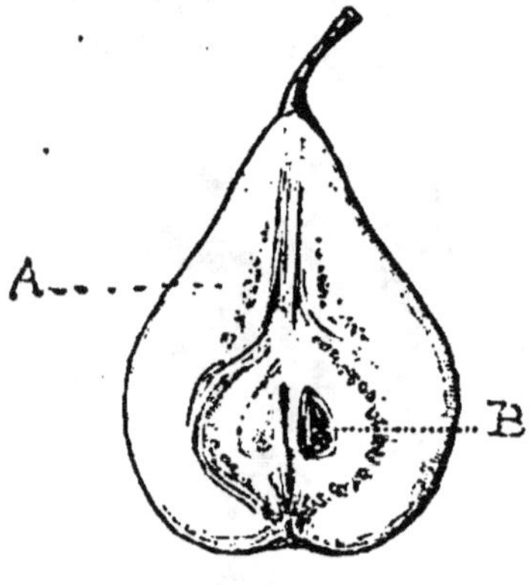

Dans les **fruits secs** comme le pois, le haricot et la noix, le *péricarpe* est la peau ou enveloppe ; la *graine* est alors généralement comestible.

Certains fruits ont une forme particulière. Les écailles qui recouvrent les graines du chêne forment un *cône.* Les pois sont renfermés dans une *gousse.* Les graines du colza sont logées dans une *silique,* et celles du pavot dans une *capsule.*

FIG 51. — Poire.
A péricarpe, B graines (pépins).

La **graine** est destinée à reproduire le végétal qu'elle renferme en germe.

Sujet de rédaction.

Le fruit. — Quelle est la partie de la fleur qui donne le fruit ? Différentes sortes de fruits. La graine ; à quoi est-elle destinée ? (*Lot*).

47ᵉ Leçon. — La germination.

La **graine** est formée tantôt de deux *cotylédons* (haricot), tantôt d'un seul cotylédon (blé, lis, poireau). Elle renferme le germe, qui est la plante en petit : il a une racine, une tige et des feuilles en miniature.

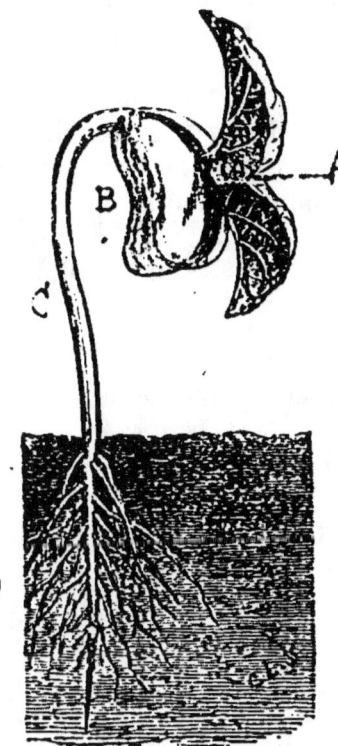

Pour que la germination s'accomplisse, la graine a besoin d'air, d'humidité et de chaleur. Les cotylédons nourrissent le germe. Peu à peu, la *racine* se développe, la *tige* sort de terre, portant à son extrémité un *bourgeon*. Celui-ci s'épanouit et donne des *feuilles*.

Lorsque la tige d'un arbre arrive à une certaine hauteur, on voit se développer tout autour, à des distances à peu près égales, des *bourgeons* qui donnent naissance à des *branches*. Chaque branche se couvre à son tour de bourgeons qui deviennent des *rameaux*.

Fig. 52. — Germination du haricot.

La racine *D*, ainsi que la tige *C* sont déjà formés ; les cotylédons *B* sortent de terre ; les feuilles du bourgeon ou gemmule *A* se développent

Sujets de rédaction.

1. Vous plantez un haricot en terre. A quelles conditions germera-t-il ? — Par quelles phases passera la végétation avant qu'on puisse récolter la graine ? Dites, si vous le savez, quel sera pendant ce temps-là le rôle de la racine et des feuilles (*Marne*).

2. Que devient un grain de blé lorsqu'il est semé en terre ? (*Ardennes*).

48ᵉ Leçon. — Durée de la vie des plantes.

La durée de la vie des plantes est très variable.

Beaucoup vivent moins d'une année ; elles germent au printemps, fleurissent à la belle saison et périssent en automne

ou en hiver : ce sont des **plantes annuelles.** Exemple :
le blé, le chanvre, le lin, le coquelicot.

D'autres vivent deux ans ; elles donnent des fleurs la
première année, des fleurs et des fruits la seconde année, puis
meurent : ce sont des **plantes bisannuelles.** Exemple :
le persil, la carotte, le chardon.

Il en est un plus grand nombre qui vivent trois ans et plus :
ce sont des **plantes vivaces.** La plupart de ces plantes
sont des arbustes et des arbres. Les grands arbres, comme
le chêne et le châtaignier, vivent plusieurs siècles.

Enfin, il y a des plantes qui sont vivaces par la racine
seulement, et annuelles par la tige ; tels sont le dahlia,
l'asperge, le houblon, etc.

Sujet de rédaction.

Qu'entend-on par plantes annuelles, plantes bisannuelles, plantes
vivaces ? Dites comment se comporte chacune de ces espèces et citez-en
des spécimens (*Indre*).

49ᵉ Leçon. — Les grandes divisions des végétaux.

Les plantes à fleurs comprennent deux grandes divisions :

1º Les **dicotylédonées,** dont la graine a deux cotylédons. Ex. : le haricot ;

2º Les **monocotylédonées,** dont la graine n'a qu'un
cotylédon. Ex. : le blé.

On a établi une subdivision en *familles végétales* en rap-
prochant les unes des autres les plantes dont les fleurs se
ressemblent beaucoup.

Les principales familles des **dicotylédonées** sont : les
légumineuses, les *rosacées*, les *crucifères*, les *ombellifères*,
les *labiées*, les *solanées* et les *composées*.

Les principales familles des **monocotylédonées** sont :
les *liliacées* et les *graminées*.

Quelques plantes, comme les fougères, les mousses et les
champignons, n'ont pas de fleurs et forment un groupe spécial.

Sujet de rédaction.

A quoi reconnaissez-vous qu'une plante est dicotylédonée ou monoco-
tylédonée ? Indiquez les familles les plus importantes de chaque groupe.

MOIS DE MAI

PROGRAMME. — *Principales espèces de plantes.* — *Graminées* (céréales); *Légumineuses* (haricot, pois, etc.); *Solanées* (pommes de terre, tabac); *Rosacées* (arbres fruitiers); *Ombellifères* (carotte, cerfeuil); *Crucifères* (colza); Champignons. Propriétés et usages.

50ᵉ LEÇON. — **Les légumineuses. Les rosacées.**

Les **légumineuses** ont pour fruit une *gousse* ou légume. Elles nous fournissent des *plantes alimentaires* (pois, haricot, fève, lentille), et des *prairies artificielles* pour la nourriture des bestiaux (luzerne, trèfle, sainfoin, minette). Elles comprennent aussi des *arbrisseaux* (genêt, ajonc) et un arbre, l'acacia.

Les **rosacées** ont une fleur semblable à celle

FIG. 53. — Fleur de pois.
(légumineuse).

FIG. 54. — Rameau de pommier.
(rosacée).

de l'églantier (rosier sauvage). On les divise en quatre sortes:

1° Celles qui donnent des fruits à *pépins* (poirier, pommier, cognassier);

2º Celles qui rapportent des fruits à *noyaux* (cerisier, prunier, abricotier, pêcher, néflier);

3º Celles qui produisent des fruits à *coques* (amandier);

4º Celles qui fournissent des sortes de *baies* (framboisier, fraisier).

Sujets de rédaction.

1. *Les légumineuses.* — Décrire une plante de cette famille. Faire connaître les principales légumineuses que l'on cultive dans les jardins et dans les champs. Utilité et usages (*Yonne*).

2. Pourriez-vous dire les parties qui composent une rose sauvage ou églantine? Connaissez-vous des plantes de la même famille? (*Yonne*).

51ᵉ Leçon. — Les crucifères. Les ombellifères. Les labiées.

FIG. 55. — Petite ciguë (ombellifère).

Les **crucifères** ont des fleurs composées de quatre pétales formant une croix. Leur fruit est une *silique*. Cette famille comprend un grand nombre de *plantes alimentaires* (chou, navet, rave, radis). Le colza est cultivé pour l'huile que l'on extrait de sa graine; la moutarde l'est pour sa graine qui procure un condiment; la giroflée est une plante d'agrément.

Les **ombellifères** ont leurs fleurs disposées en parasol ou *ombelle*; elles ont presque toutes des fleurs odorantes. Les principales ombellifères sont le persil, le cerfeuil, la ciguë, le céleri, l'angélique, la carotte et le panais. La ciguë est vénéneuse.

Les **labiées** ont une tige carrée et des fleurs placées à l'aisselle des feuilles. Les plantes de cette famille exhalent une bonne odeur (thym, sariette, romarin, lavande, hysope, sauge, basilic, serpolet, marjolaine). Plusieurs servent, en outre, à fabriquer des liqueurs toniques; ce sont : la menthe, la mélisse et le lierre terrestre.

Fig. 56. — Thym. (labiée).

Fig. 57. — Fleur de giroflée. (crucifère).

Sujets de rédaction.

1. La ciguë et le persil. En quoi ils se ressemblent? En quoi ils diffèrent? Moyen de reconnaître ces deux plantes (*Meurthe-et-Moselle*).

2. Faites la description d'un jardin que vous voudriez posséder. Dites quelles sont les espèces de plantes que vous y cultiveriez et les raisons que vous auriez de trouver utiles ces diverses cultures (*Aveyron*).

52e Leçon. — Les composées. Les solanées.

Les **composées** sont ainsi appelées parce que leur fleur

est un assemblage de petites fleurs. Parmi les composées, l'artichaut, la chicorée, la laitue, le salsifis, le pissenlit sont comestibles; la reine-marguerite et le grand soleil ornent nos jardins; le bluet, la pâquerette, le chrysanthème, la camomille et la bardane croissent spontanément.

Les **solanées** sont presque toutes vénéneuses, notamment la belladone, la jusquiame, la stramoine et

Fig. 58. — Fleur de reine-marguerite. (composée).

le tabac. Le poison du tabac, appelé la *nicotine*, engourdit l'intelligence des fumeurs, anéantit leur volonté et leur fait perdre la mémoire.

Les solanées renferment aussi des plantes *alimentaires* : la tomate, l'aubergine, le piment et la pomme de terre. La *pomme de terre* est, après les céréales, la plante alimentaire la plus importante. Son tubercule renferme de la *fécule*, qui a une grande valeur nutritive, et que l'industrie emploie à la fabrication d'un alcool de mauvaise qualité.

Sujets de rédaction.

1. Que savez-vous de la pomme de terre ? (*Ardennes*).

2. Écrivez à un camarade qui,

Fig. 59. — Tabac (solanée).

à l'insu de ses parents, fume la cigarette et même le cigare. Montrez-lui les dangers de cette mauvaise habitude, surtout pour un enfant comme vous et lui (*Gironde*).

53ᵉ Leçon. — Les monocotylédonées.

Les principales familles des **monocotylédonées** sont les *liliacées* et les *graminées*.

Les **liliacées** sont pour la plupart des plantes à *oignons*. On cultive pour leurs fleurs : le lis, la tulipe, la jacinthe et le muguet ; et comme *plantes alimentaires* : l'ail, l'oignon, l'échalote, la ciboule, le poireau et l'asperge. L'asperge et le muguet n'ont pas d'oignon, mais des tiges souterraines ramifiées.

Les **graminées** ont une tige creuse appelée *chaume* et

des fleurs réunies en épis. Les graines de la plupart servent à la nourriture de l'homme et des animaux ; celles des **céréales** contiennent de la *farine* (amidon et gluten) qui est d'autant plus nourrissante qu'elle renferme plus de gluten.

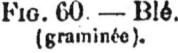

Les principales graminées sont : les **céréales** (blé, orge, seigle, avoine, riz, millet, maïs), la canne à sucre, le bambou, le chiendent, l'ivraie et l'alfa. Les herbes des *prairies naturelles* sont presque toutes des graminées.

Sujets de rédaction

1. Citez les plantes les plus importantes de la famille des graminées et indiquez leurs usages (*Manche*).

FIG. 60. — Blé.
(graminée).

FIG. 61. — Lis.
(liliacée).

2. *Le blé.* — Dites pourquoi la culture de cette céréale est la plus répandue et la plus importante ; comment elle fait la richesse d'une nation, quelles contrées s'y adonnent spécialement et pourquoi on doit respecter et favoriser l'agriculture (*Nord*).

54ᵉ LEÇON. — Les plantes sans fleurs.

Les **plantes sans fleurs** sont les fougères, les mousses, les algues, les champignons et les moisissures.

La plupart des **champignons** sont vénéneux. Quelques-uns cependant sont bons à manger. Ce sont : la *truffe*, qui vit sous terre entre les racines des chênes ; les *agarics*, qui ont des lamelles sous leur chapeau ; les *bolets*, qui ont des tubes, et les *morilles*, dont la tête est toute bosselée. Les champignons se reproduisent par une fine poussière noirâtre qui se forme sous leur chapeau.

Les **moisissures** sont des champignons extrêmement petits. Elles ne sont pas, pour la plupart, vénéneuses, mais elles gâtent tout à la moindre humidité.

Fig. 62. — Champignons.

Certaines espèces s'attaquent aux plantes cultivées : l'*ergot* du seigle, la *rouille* et le *charbon* du blé, le *mildew* et l'*oïdium* de la vigne, sont des maladies dues à des moisissures. On combat ces maladies par le *chaulage* de la semence à l'aide de la chaux ou du sulfate de cuivre (vitriol bleu).

Les *fermentations* sont produites par des moisissures utiles.

Les **microbes** sont des moisissures infiniment petites qui se trouvent un peu partout, dans l'eau, dans l'air, dans le sol ; ce sont les agents des *maladies contagieuses*.

Sujet de rédaction.

Les champignons. — Ce qui les distingue des autres plantes. Comment ils se reproduisent. Champignons vénéneux, champignons comestibles. Les moisissures. Les microbes. (*Allier*).

55ᵉ Leçon. — Les plantes dangereuses.

Il y a des plantes qui renferment des poisons quelquefois mortels.

En général, il faut se défier des feuilles et des fleurs qui donnent un *suc laiteux*.

Les baies rouges de la **douce-amère,** les fruits de la **belladone,** semblables à de petites cerises, les graines de **stramoine,** les feuilles du **tabac,** la racine de l'**aconit** et celle de la **renoncule âcre** contiennent du poison.

La **clématite** a des feuilles et des fruits accompagnés

de longues aigrettes soyeuses, qu'il faut bien se garder de goûter.

Fig. 63. — Belladone.

La terrible **ciguë,** qui ressemble au persil, se reconnait à l'odeur désagréable qu'elle répand lorsqu'on la froisse entre les doigts.

On doit considérer comme vénéneux les **champignons** qui ont une odeur repoussante, une chair mollasse ou très dure, des couleurs vives et des mouchetures.

En cas d'**empoisonnement,** il faut, en attendant l'arrivée du médecin, faire vomir le malade et lui faire boire du blanc d'œuf battu délayé dans l'eau, ou une grande quantité de lait.

Sujet de rédaction.

Parlez des plantes vénéneuses que vous connaissez. Dites comment on peut les distinguer. Ce qu'il faut faire en cas d'empoisonnement (*Londes*).

56ᵉ Leçon. — **Les plantes médicinales.**

La **mauve,** la **guimauve** et les fleurs de **violettes** servent à préparer des tisanes adoucissantes.

L'infusion des fleurs de **sureau** et des feuilles de **tilleuls** est sudorifique.

Le **pissenlit** et les feuilles de **cresson** purifient le sang.

3* Nord

On retire une huile purgative des graines du **ricin.**

Les fleurs desséchées de la **narcisse des prés** s'emploient comme vomitif.

Fig. 64. — Digitale.

Avec de la farine de graine de **moutarde noire,** on prépare un cataplasme appelé *sinapisme.*

Les plantes toniques les plus répandues sont: la **gentiane,** la **petite centaurée,** la **chicorée sauvage** et la **camomille.**

Un grand nombre de **labiées** sont stimulantes et digestives.

L'absinthe est vermifuge. La tige souterraine de la **fougère mâle** est employée contre le ver solitaire.

La **digitale** et la **valériane** sont employées dans les maladies des nerfs.

Des capsules du **pavot,** on retire un narcotique : **l'opium.**

L'oignon du **lis** est utilisé comme émollient pour faire mûrir les furoncles, panaris, etc.

Sujets de rédaction.

1. Qu'appelle-t-on plantes médicinales ? Quelles sont les principales plantes médicinales de notre région? Quel parti peut-on en tirer? (*Savoie*).

2. Racontez une herborisation que vous avez faite sous la direction de votre maitre. Dites quelles plantes vous avez rapportées et quelles en sont les propriétés (*Cantal*).

57ᵉ Leçon. — **Les plantes industrielles**.

Un grand nombre de végétaux fournissent des *matières premières* à l'industrie.

Les plantes **textiles** (lin, chanvre, cotonnier) procurent des fibres à l'industrie des *tissus*.

Les plantes **oléagineuses** (colza, pavot ou œillette, cameline) fournissent des graines dont on extrait l'*huile*. Les fruits de l'**olivier** et du **noyer** donnent aussi de l'huile.

Les plantes **tinctoriales** (garance, gaude, safran, pastel) donnent des *teintures*.

La **betterave** et la **canne à sucre** fournissent le sucre.

Le **tabac** est une plante nuisible dont les feuilles servent à préparer le tabac à fumer et à priser.

La **vigne** rapporte le raisin, qui donne le *vin*.

L'**orge** et le **houblon** servent à fabriquer la *bière*.

Le **pommier** et le **poirier** produisent des fruits avec lesquels on fait le *cidre* et le *poiré*.

Fig. 65. — Lin.

Les **arbres forestiers** servent pour le chauffage, pour la construction, et pour la fabrication des meubles. Il y a des *bois durs* (noyer, châtaignier, chêne, hêtre, orme, frêne, merisier, buis) et des *bois blancs* (peuplier, tremble, bouleau, tilleul, saule, aune, pin, sapin).

Sujets de rédaction.

1. Parlez des plantes industrielles que vous connaissez. Quels produits fournissent-elles ? (*Gers*).

2. *Le bois*. Son importance au point de vue industriel. Citez les principaux arbres de nos pays en indiquant leurs usages. (*Indre-et-Loire*).

MOIS DE JUIN

PROGRAMME. — Les trois états des corps. Notions sur l'air. Sa composition. Propriétés de l'oxygène, de l'azote et de l'acide carbonique. Autant que possible, montrer ces propriétés par des expériences.

Pression atmosphérique. Baromètre. Eau potable ou non potable.

58ᵉ LEÇON. — Les trois états des corps.

Les corps se présentent sous **trois états** différents : ils sont *solides, liquides* ou *gazeux.*

Les **solides** résistent sous la main et ont une forme par eux-mêmes. Ils peuvent être *durs* (fer) ou *mous* (beurre).

Les **liquides** prennent la forme des vases qui les contiennent (eau, huile).

Les **gaz** tendent toujours à s'échapper en augmentant de volume ; ils sont extrêmement légers (air, vapeur d'eau).

Un même corps peut se présenter à nous sous les trois états (liquide, solide, gazeux), selon la *température* où nous l'observons.

Ainsi, l'**eau**, quand il fait froid, est un corps *solide* (glace) ; à la température ordinaire, c'est un *liquide ;* mise sur le feu, elle passe à l'état *gazeux* (vapeur).

Le **plomb**, qui est un *solide*, devient *liquide* en fondant sur le feu, et se change en *vapeurs gazeuses* si l'on chauffe plus fort.

Sujet de rédaction.

Les trois états des corps. Quels changements les corps peuvent-ils éprouver ? Quelle est la cause de ces changements ? Citez quelques exemples (*Puy-de-Dôme*).

59ᵉ Leçon. — Composition de l'air.

L'**air** au milieu duquel nous vivons est un mélange de deux gaz, l'*oxygène* et l'*azote*, dans la proportion de 1/5 d'oxygène et de 4/5 d'azote. Il contient aussi un peu de vapeur d'eau et d'*acide carbonique*.

L'**oxygène** est un gaz sans couleur, sans odeur et sans saveur. Il peut s'obtenir en chauffant certaines substances qui en contiennent, comme le *chlorate de potasse*. Si, dans une cloche renfermant de l'oxygène, on introduit une allumette éteinte mais présentant encore un point rouge, elle se rallume. L'oxygène n'est pas combustible ; il est *comburant*, c'est-à-dire qu'il fait brûler les corps combustibles. C'est lui qui nous fait vivre.

L'**azote** est également un gaz sans couleur, sans odeur et sans saveur ; il n'est ni combustible, ni comburant. L'azote n'entretient pas la respiration ; il atténue dans l'air les propriétés trop énergiques de l'oxygène.

L'**acide carbonique** est un gaz qui se dégage dans la combustion, la respiration, les fermentations, etc. Il est incolore, inodore, plus lourd que l'air, et impropre à entretenir la vie.

Sujets de rédaction.

1. Principaux gaz que contient l'air ; leurs propriétés. Rôle de l'air dans la vie de l'homme, des animaux et des végétaux (*Isère*).

2. *L'oxygène.* — Où existe t-il ? A quel caractère principal le reconnait-on ? Rappelez les expériences faites en classe au sujet de ce gaz. Rôle de l'oxygène dans l'air (*Meuse*).

60ᵉ Leçon. — La combustion et la respiration.

L'**air** a pour rôle essentiel d'entretenir la **combustion** des corps et la **respiration** des animaux.

Quand un combustible **brûle**, l'oxygène de l'air se combine avec le carbone qui y existe et forme de l'*acide carbonique*. Si la combustion se fait lentement, il se forme en outre un autre gaz, l'*oxyde de carbone*, qui est un poison très violent. La combustion est d'autant plus active que l'air arrive plus facilement. De là la nécessité d'établir une bonne ventilation dans les chambres où l'on fait du feu.

Fig. 66 — Cheminée. Pendant la combustion, l'air chaud monte, et il se produit un courant d'air : c'est ce qu'on appelle le *tirage* de la cheminée.

Quand un animal **respire**, l'oxygène de l'air s'unit au carbone qui est dans son corps et forme de l'*acide carbonique*.

L'acide carbonique, composé d'oxygène et de carbone, se forme aux dépens de l'oxygène de l'air. C'est pourquoi l'air d'un appartement habité devient dangereux à respirer si l'on ne prend la précaution de le renouveler fréquemment.

Sujets de rédaction.

1. Dites ce que vous savez sur l'air, la combustion et la respiration. Pourquoi faut-il aérer les appartements ? (*Eure-et-Loir*).

2. Sous un verre retourné, reposant sur une table polie, on a placé une bougie allumée. Qu'arrive-t-il, et pourquoi ? Que se passerait-il si on avait mis une souris vivante à la place de la bougie ? Quel est le gaz dont la quantité augmente notablement sous le verre pendant l'expérience ? Parlez de ce gaz ; dites sa composition et quelques-unes de ses propriétés (*Landes*).

61e Leçon. — **La pureté de l'air.**

L'air d'une chambre habitée est vicié par la *combustion* et par la *respiration*, qui remplacent l'oxygène de l'air par de l'**acide carbonique**.

Il s'y répand aussi de la vapeur d'eau malsaine provenant de la respiration et de la transpiration, des poussières et des germes d'êtres infiniment petits appelés *microbes*, qui sont la cause de maladies contagieuses, telles que la terrible *phtisie pulmonaire*.

Nous devons donc ventiler et aérer avec soin nos appartements. Il faut également veiller à l'aération des étables, car l'air pur est aussi nécessaire aux animaux qu'aux hommes.

La quantité considérable d'acide carbonique produite sans cesse par la combustion des corps et par la respiration des animaux devrait, semble-t-il, finir pa épuiser tout l'oxygène de l'atmosphère. Cela n'a pas lieu parce que les parties vertes des végétaux décomposent l'acide carbonique, gardent le carbone dont les plantes ont besoin pour croître et rendent à l'air son oxygène. L'air des bois et des champs est très riche en oxygène.

Sujets de rédaction.

1. Dans une lettre que vous écrivez à l'un de vos amis, vous lui expliquez quelles sont les causes qui peuvent vicier l'air dans les appartements que nous habitons, les inconvénients de cette situation et les moyens d'y remédier (*Finistère*).

2. Pourquoi faut-il renouveler l'air des appartements et des étables ? Pourquoi l'air atmosphérique n'est-il pas vicié par la combustion des corps et par la respiration des hommes et des animaux (*Isère*).

62ᵉ Leçon. — La pression atmosphérique.

L'air est pesant ; un litre d'air a un poids de 1 gr. 29

L'**atmosphère,** énorme couche d'air qui entoure la Terre, pèse d'un poids énorme sur le sol et sur les objets et les êtres qui sont à sa surface. Cette pression s'exerce en tous sens; on lui donne le nom de **pression atmosphérique**.

Glissons une feuille de papier sur un verre plein d'eau et renversons le verre : l'eau ne tombe pas, car l'air la maintient en pressant de bas en haut sur la feuille de papier.

C'est cette pression qui empêche le liquide remplissant la *pipette* de s'écouler quand on a le doigt sur le trou supérieur.

Fig. 67.
C'est la pression atmosphérique qui maintient le papier et l'eau du verre.

Sur une surface de un centimètre carré, la pression atmosphérique est de 1 kg. 033 ; elle fait équilibre à une colonne d'eau de 10 m. 33 ou à une colonne de mercure de 0 m. 76.

C'est elle qui fait monter l'eau dans la *pompe* lorsqu'on fait le vide à l'intérieur à l'aide du piston.

C'est elle aussi qui soutient la colonne de mercure dans le *baromètre*.

Sujets de rédaction.

1. L'air exerce une pression sur les corps. Comment le prouvez-vous simplement ? Comment appelle-t-on les instruments servant à mesurer la pression atmosphérique ? (*Gard*).

2. Citez quelques faits à l'aide desquels vous prouvez que l'air est pesant (*Doubs*).

63e Leçon. — Le baromètre.

Le baromètre est un instrument qui sert à mesurer la **pression atmosphérique.**

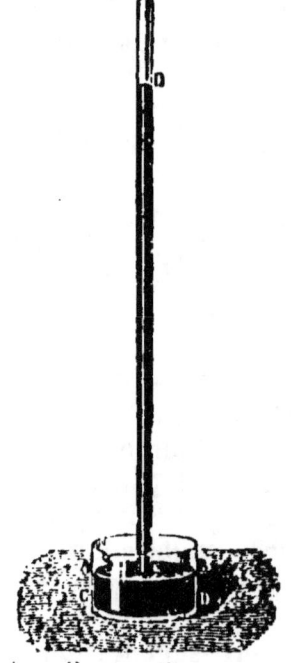

FIG. 68.

La pression atmosphérique maintient la colonne de mercure à une hauteur de 0 m. 76. L'espace laissé au-dessus du mercure est vide d'air.

Pour le construire, on prend un tube en verre d'un peu moins d'un mètre de long et fermé à l'un des bouts ; on le remplit de mercure, on le bouche avec le doigt et on le renverse pour en plonger l'extrémité ouverte dans une cuvette contenant du mercure. Quand le doigt est retiré, le mercure s'abaisse jusqu'à 76 centimètres environ et reste ainsi, maintenu par la pression de l'air qui s'exerce sur le mercure de la cuvette.

Le tube et la cuvette sont fixés sur une planchette graduée en centimètres.

En un même lieu, le mercure ne se maintient pas toujours à la même hauteur. Les variations de la pression atmosphérique coïncident souvent avec le changement de temps.

L'air humide est plus léger que l'air sec. Quand l'air est humide et que la pluie est à craindre, le baromètre *descend*. Quand l'air devient sec et que le beau temps est probable, le baromètre *monte*.

Sujets de rédaction.

1. Décrire le baromètre ordinaire. Son principe. Ses usages (*Corse*).

2. Votre jeune frère, en jouant avec une canne, a brisé la partie supérieure du tube d'un baromètre à mercure ; il y a un petit trou. « Ce ne sera rien » dit il. Mais le tube se vide aussitôt. Vous lui expliquez la cause de ce phénomène. Racontez la scène. (*Pyrénées-Orientales*).

64e Leçon. — **La pompe.**

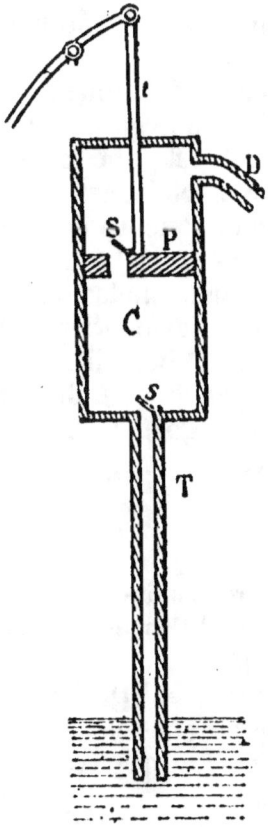

Fig. 69.—Pompe aspirante.
C corps de pompe, P piston, S soupape, t tige, s soupape, T tuyau d'aspiration, D tuyau de déversement.

La pompe ordinaire ou **pompe aspirante** comprend :

1º Un **corps de pompe** dans lequel se trouve un *piston* percé d'une ouverture munie d'une *soupape* S ; au moyen d'une tige mue par un balancier, on fait monter et descendre le piston ;

2º Un **tuyau d'aspiration** plongeant dans l'eau et adapté au fond du corps de pompe où il est fermé par une *soupape s*.

Supposons le piston au fond du corps de pompe. Quand on le soulève, le vide se produit au-dessous de lui ; l'air du tuyau d'aspiration soulève la soupape s et se précipite en partie dans le corps de pompe. La pression atmosphérique fait monter l'eau un peu dans le tuyau. Après quelques coups de piston, tout l'air est expulsé et l'eau arrive dans le corps de pompe ; pressée par le piston qui descend, elle soulève la soupape S et passe au-dessus. En remontant, le piston entraîne avec lui l'eau, qui s'écoule par un tuyau de déversement.

Sujet de rédaction.

Faites la description d'une pompe aspirante. Expliquez le fonctionnement de cette pompe (*Charente*).

65ᵉ Leçon. — L'eau potable.

L'eau potable est celle qui peut servir de boisson et être employée pour la préparation des aliments.

L'eau potable est fraîche, aérée, limpide, sans odeur, d'une saveur agréable ; elle contient une très petite quantité de calcaire. L'eau qui renferme trop de calcaire est lourde et indigeste.

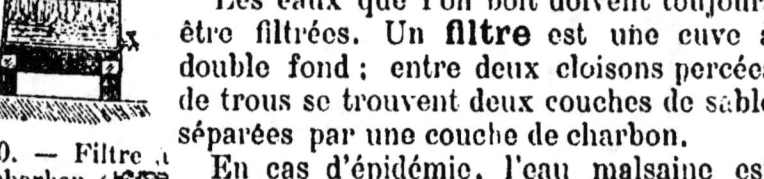

On reconnaît qu'une eau est potable à ce qu'elle cuit les légumes et que le savon n'y forme pas de g⁻ ameaux insolubles.

Les eaux que l'on boit doivent toujours être filtrées. Un **filtre** est une cuve à double fond ; entre deux cloisons percées de trous se trouvent deux couches de sable séparées par une couche de charbon.

FIG. 70. — Filtre à charbon.

En cas d'épidémie, l'eau malsaine est le grand véhicule des maladies contagieuses (fièvre typhoïde, dysenterie, choléra, etc.). Les filtrations ordinaires sont alors insuffisantes ; il faut avoir soin de faire bouillir l'eau pour détruire les **microbes**, germes microscopiques qui sont la cause de ces maladies.

Sujets de rédaction.

1. Qu'appelle-t-on eau potable ? Comment reconnaît-on une eau potable ? Comment se procure-t-on de l'eau potable ? Comment peut-on rendre potable une eau qui ne l'est pas ? (*Creuse*).

2. Quelle eau doit-on boire de préférence ? Pourquoi ? Dites ce qui peut rendre une eau malsaine. Quels inconvénients y a-t-il à boire de l'eau malsaine ? Si vous n'aviez ni eau potable, ni filtre que feriez-vous pour éviter tout danger de maladie ? (*Vosges*).

MOIS DE JUILLET

PROGRAMME. — *La combustion*. — Chaleur, effets de la chaleur sur les corps. Thermomètre, sa construction et son usage.
Évaporation de l'eau. L'eau sous ses trois états.
Pluie, rosée, neige, glace. Force expansive de l'eau à l'état de vapeur ou de glace produite en un vase hermétiquement fermé. Application de cette force. Machine à vapeur.

66ᵉ LEÇON. — **La dilatation des corps par la chaleur.**

Les solides, les liquides et les gaz se **dilatent** quand ils sont chauffés et se **contractent** en se refroidissant.

Une boule de métal passe au travers d'un trou percé dans une plaque de tôle; on fait chauffer cette boule, elle ne passe plus.

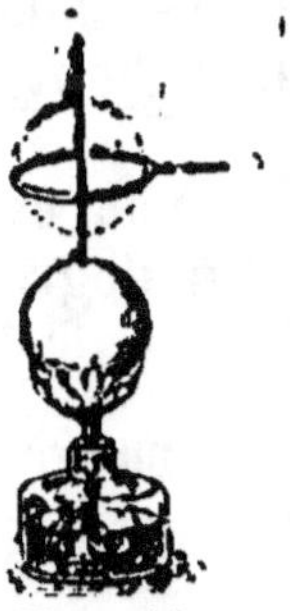

On chauffe une bouteille remplie d'eau et surmontée d'un tube en verre : l'eau monte dans le tube. On cesse ensuite de chauffer : l'eau descend au fur et à mesure du refroidissement.

Pour montrer la dilatation des gaz, on chauffe une vessie remplie d'air.

Les liquides se dilatent plus que les solides. Les gaz se dilatent plus que les liquides.

La dilatation des corps solides a beaucoup d'applications. On l'utilise pour le cerclage des roues de voiture. C'est pour éviter les fâcheux effets de soulèvement que produirait la dilatation qu'on laisse un intervalle entre deux rails de chemin de fer.

FIG. 71.
La boule ne passe plus lorsqu'elle est chauffée.

Sujet de rédaction.

Citez quelques faits qui montrent que la chaleur a la propriété d'augmenter le volume des corps en général. Applications (*Doubs*).

67ᵉ Leçon. — — Le thermomètre.

Le thermomètre sert à mesurer la *température*.

Il se compose d'un tube en verre contenant de l'alcool ou du mercure, et fixé sur une planchette graduée.

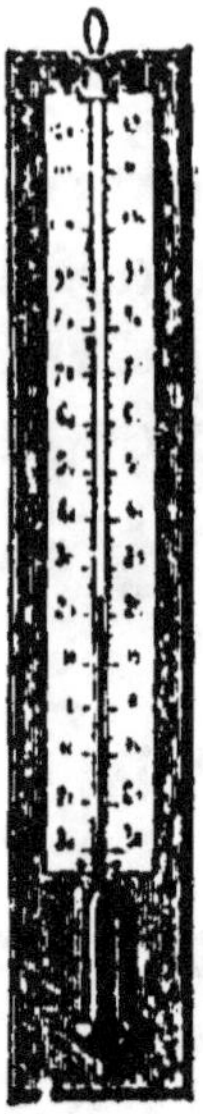

Cet instrument est fondé sur la dilatation des corps par la chaleur. Quand il fait chaud, le liquide se dilate et *monte* d'autant plus que la chaleur est plus forte. Quand il fait froid, le liquide se contracte et *descend* d'autant plus que le froid est plus intense.

Pour *graduer* un thermomètre, on plonge dans la *glace fondante* un tube contenant du mercure, et on marque **zéro** au point où le liquide s'arrête. On plonge ensuite le tube dans *l'eau bouillante*, et on marque **100** au point où s'élève le mercure. On divise en cent parties égales l'espace qui sépare les deux numéros; chaque division est un *degré centigrade*. Les divisions sont prolongées au-dessous de zéro.

Le thermomètre à alcool ne peut se graduer que par comparaison, car ce liquide bout à 78 degrés.

Fig. 72. — Thermomètre.

La température d'un appartement doit être de 12 à 16 degrés; les bains se prennent de 30 à 35 degrés.

Sujets de rédaction.

1. Dans une de ses leçons de choses, votre maître vous a montré le thermomètre et vous en a expliqué la construction et les usages. Dites ce que vous avez retenu de cette leçon (*Loire*).

2. Un de vos amis confond souvent les mots *baromètre* et *thermomètre*. Expliquez-lui la différence de ces deux instruments en lui faisant comprendre le principe et la construction de chacun d'eux. Terminez en indiquant les services qu'ils peuvent rendre à l'agriculture (*Basses-Pyrénées*).

68ᵉ Leçon. — Composition de l'eau.

L'eau est une combinaison de deux gaz, *l'hydrogène* et *l'oxygène*, dans la proportion de deux volumes d'hydrogène contre un volume d'oxygène.

L'hydrogène est inflammable et brûle avec un grand

dégagement de chaleur. Il pèse 14 fois moins que l'air; son extrême légèreté le rend propre à gonfler les ballons.

L'oxygène n'est pas inflammable, mais il fait brûler les corps combustibles; il rallume une allumette qui présente encore un point rouge.

On décompose l'eau en ses deux éléments au moyen de la pile électrique. C'est l'*analyse* de l'eau.

On recompose l'eau en enflammant de l'hydrogène dans l'air; il s'unit à l'oxygène de l'air pour former de l'eau. C'est la *synthèse* de l'eau.

Comme il y a de l'hydrogène dans presque tous les corps que nous brûlons, il se forme de l'eau quand ils brûlent. Si l'on place une assiette froide au-dessus de la flamme d'une lampe à alcool, on voit se condenser sous l'assiette de l'eau formée par la combustion de l'hydrogène qui existe dans l'alcool.

Sujet de rédaction.

Dites comment on décompose l'eau en deux éléments. Propriétés de chacun des gaz obtenus. Recomposition de l'eau (*Corse*).

60ᵉ Leçon. — **Propriétés de l'eau.**

L'eau pure n'a ni odeur, ni saveur; elle dissout certains corps, comme le sucre et le sel, et certains gaz, comme l'oxygène et l'acide carbonique.

L'eau se congèle et devient de la **glace** quand la température est au-dessous de zéro degré. Faisant exception à la règle commune, elle augmente de volume en passant de l'état liquide à l'état solide; si elle est alors renfermée dans un vase, elle le fait éclater, quelle que soit la résistance de ses parois. C'est cette cause qui fait briser dans les grands froids les tuyaux de conduite d'eau et fendille les pierres tendres ou pierres *gélives* dans lesquelles l'eau a pénétré.

A la température de 100 degrés, l'eau bout et se **vaporise** en augmentant considérablement de volume, **1700** fois.

Elle peut passer à l'état de vapeur à toute température, mais lentement; on dit alors qu'elle **s'évapore**. L'évaporation produit du froid; c'est ce qui explique pourquoi l'on éprouve des frissons en sortant du bain et pourquoi les courants d'air sont dangereux surtout lorsqu'on est en sueur.

Sujets de rédaction.

1. *L'eau.* — Sa composition, ses propriétés, ses usages (*Charente*).

2. La congélation de l'eau ; ses conséquences, notamment pour l'agriculture (*Haute-Marne*).

70ᵉ Leçon. — **La vapeur.**

Lorsqu'on fait **bouillir** l'eau dans un *vase ouvert*, la température se maintient à 100 degrés aussi longtemps que dure l'ébullition ; la chaleur que le foyer continue de fournir est employée à la transformation de l'eau en vapeur. La vapeur qui se produit a une pression égale à celle de l'atmosphère.

Mais si l'on chauffe l'eau dans un *vase clos*, sa température peut dépasser 100 degrés, et la pression de la vapeur sur les parois du vase, ou, pour mieux parler, sa **tension** ou *force élastique* devient considérable. Quand on fait bouillir de l'eau dans une bouteille de grès bouchée, le bouchon est chassé violemment.

Cette tension est d'autant plus grande que la température est plus élevée. A 122 degrés, elle est de deux *atmosphères* ; à 145 degrés, elle est de quatre atmosphères, et ainsi de suite. Il faut que le vase soit solide, sans quoi il éclaterait.

C'est sur ce principe qu'est fondée la construction des **machines à vapeur.**

Fig. 73. La vapeur chasse violemment le bouchon.

Sujets de rédaction.

1. En entrant dans la cuisine, vous avez trouvé votre jeune frère arrêté devant le pot-au-feu dont le couvercle était soulevé par la vapeur de l'eau bouillante. Surpris de ce phénomène, il vous en a demandé l'explication. Essayez de le satisfaire et de lui donner une idée claire des principaux services que nous rend la vapeur (*Loiret*).

2. Énumérez les diverses forces motrices que vous connaissez ; dites quelle est leur utilité et insistez sur celle qui vous paraît la plus importante (*Aisne*).

71ᵉ Leçon. — La machine à vapeur.

La **machine à vapeur** utilise la force considérable que a vapeur développe quand elle est chauffée en vase clos.

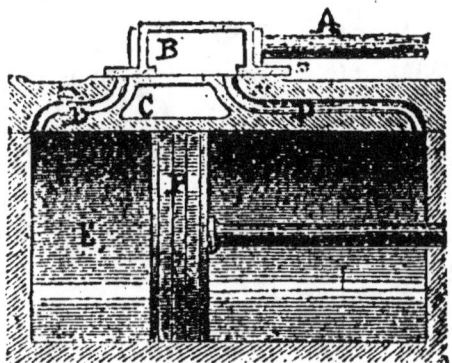

Fig. 74. — Corps de pompe et tiroir d'une machine à vapeur.

A tige du tiroir, B chambre du tiroir, C boîte à vapeur, DD tubes qui font communiquer les deux extrémités du corps de pompe avec la chambre du tiroir, E corps de pompe ou cylindre, P piston.

La vapeur se forme dans une chaudière appelée **générateur.**

La force motrice de la vapeur s'exerce à l'aide d'un **piston** qui glisse dans un corps de pompe et dont la tige est attachée à la **bielle** à mettre en mouvement.

La vapeur qui arrive du générateur est dirigée, à l'aide d'un appareil nommé **tiroir,** tantôt au-dessous, tantôt au-dessus du piston. A chaque alternative, le piston monte et descend en produisant le mouvement et la force voulus.

Il y a une infinité de formes de machines à vapeur. Les

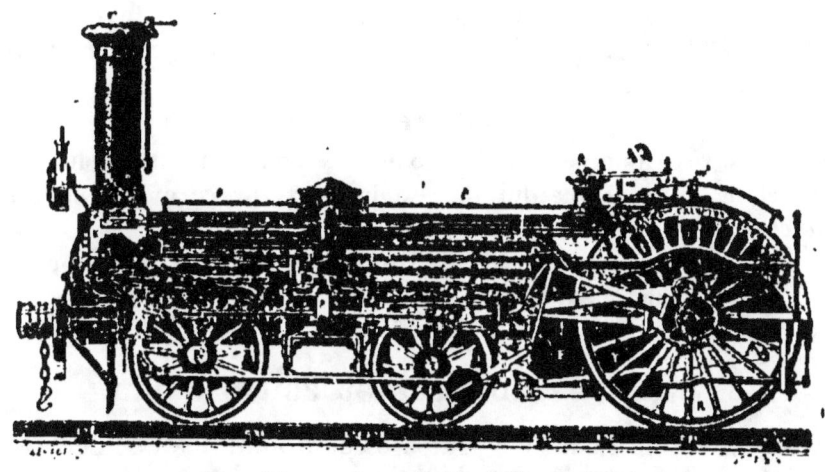

Fig. 75. — Locomotive Crampton.

RR' roues, BB' bielles, F foyer, S soupape de sûreté, P piston, O échappement de la vapeur, a' a'' tubes de la chaudière, R roues motrices.

machines verticales ont la tige du piston verticale ; les *machines horizontales* ont une tige horizontale. On distingue aussi les machines fixes des usines, les machines des bateaux, les locomobiles, et enfin les locomotives ou machines des chemins de fer.

Sujet de rédaction.

La machine à vapeur. — Description très sommaire. Ses usages. (*Corrèze*).

72ᵉ Leçon. — Nuages, pluie, neige, grêle, brouillard, rosée, gelée blanche.

La chaleur transforme chaque jour en vapeur une grande quantité d'eau à la surface des mers et des continents.

Cette vapeur invisible s'élève dans l'atmosphère où elle se refroidit et devient de fines gouttelettes visibles qui constituent les **nuages.**

Si le refroidissement continue, les gouttelettes grossissent et tombent sur le sol : c'est la **pluie.**

Lorsqu'un froid très vif saisit les gouttelettes, elles tombent en légers flocons de **neige** ou en petits glaçons de **grêle.**

Le **brouillard** est un nuage qui se forme à la surface de la terre, quand celle-ci est plus chaude que l'air.

Quand le sol se refroidit, ce qui arrive pendant la nuit, des gouttelettes se déposent à sa surface et sur les plantes : c'est la **rosée.**

Lorsque les gouttes de rosée se congèlent, elles forment la **gelée blanche,** qui détruit au printemps les jeunes bourgeons des plantes.

Sujets de rédaction.

1. Un de vos camarades désire connaître d'où viennent la pluie, la neige et la grêle. Donnez-lui des explications sur ce qu'il demande. (*Vaucluse*).

2. Expliquer la formation de la rosée et de la gelée blanche, et en déduire que les deux phénomènes ont la même origine et ne diffèrent qu'à cause du degré de température (*Var*).

73ᵉ Leçon. — Sources et cours d'eau.

Une partie de l'eau des pluies s'écoule par les **torrents.** Le reste de cette eau entre dans le sol où elle s'infiltre à travers les couches de sable et de cailloux jusqu'à ce qu'elle soit arrêtée par une couche d'argile ou de roc vif, et forme des nappes d'eau souterraines : c'est l'**eau d'infiltration,** dont on peut démontrer l'existence par les **puits**.

Si l'eau arrive au puits à travers des couches de terrain qui partent d'un plateau élevé, elle tend à jaillir à la hauteur

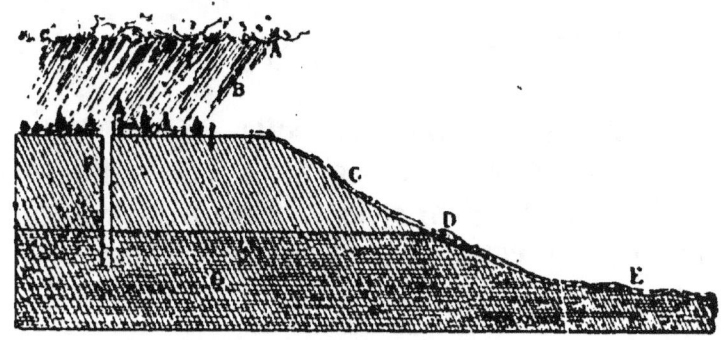

FIG. 76. — Coupe d'un coteau.

A nuages, *B* pluie, *C* torrent, *D* source, *E* cours d'eau, *F* puits, *G* eau d'infiltration.

du point d'où elle est partie : on obtient alors un **puits artésien.**

L'eau d'infiltration s'écoule sous terre et, trouvant des ouvertures à la base des collines, forme des **sources**.

Les sources donnent naissance aux **cours d'eau ;** ceux-ci sont d'abord des *ruisseaux ;* les ruisseaux se réunissent pour produire des *rivières ;* les rivières forment un *fleuve* qui va se jeter dans la *mer.*

Sujets de rédaction.

1 Ce que devient l'eau de pluie. Donnez quelques détails sur les sources, ruisseaux, etc. Ensuite vous énumérerez les différents usages de l'eau dans l'ordre suivant : économie domestique et besoins journaliers, agriculture, industrie (*Seine-Inférieure*).

2. Racontez l'histoire d'une goutte d'eau depuis sa chute sur la terre jusqu'au moment où elle retourne dans le nuage d'où elle vient ; vous direz ce qu'elle devient après être tombée sur le sol, et vous exposerez les services que rend l'eau au point de vue de l'hygiène (*Vienne*).

MOIS D'AOUT

Révision générale.

COURS SUPÉRIEUR

MOIS D'OCTOBRE

PROGRAMME. — *Histoire naturelle. Les divisions.* — Squelette humain. Digestion et absorption. Circulation et respiration. Assimilation, sécrétions, transpiration.

Voir les leçons 17 ; — 1 à 8).

74 Leçon. — **Les os.**

Les **os**, considérés au point de vue de leur forme, sont divisés en trois groupes :

1° Les **os longs,** qui sont creux et contiennent de la *moelle*, substance qui contribue à faire l'os. Exemple : les *os des membres* ;

2° Les **os plats,** qui ont deux faces, l'une creuse, l'autre bombée ; ils protègent des organes importants. Exemple : les *os du crâne* ;

3° Les **os courts,** qui ont six faces et sont groupés dans

Fig. 77. Vertèbre.

des régions où doivent se trouver réunies la solidité et la mobilité. Tels sont les *vertèbres*, qui forment la colonne vertébrale ; chaque vertèbre est percée d'un trou, et tous les trous communiquant ensemble forment un canal dans lequel est logée la moelle épinière.

Les os se composent d'une partie pierreuse (phosphate de chaux et calcaire) et d'une partie molle (gélatine). Si l'on calcine un os, la partie molle brûle et la partie dure reste.

Les os sont entourés d'une membrane qui sert à les refaire au fur et à mesure qu'ils s'usent.

Chez l'enfant, les os sont flexibles (cartilages) ; ils deviennent peu à peu pierreux et durs.

Sujet de rédaction.

A quoi servent les os ? Tous les os ont-ils la même forme ? Quelle est la forme des os des membres, des os du crâne, des vertèbres ? Dites ce que vous savez de la composition des os. Quelle particularité présentent les os dans le tout jeune âge ? (*Pyrénées-Orientales*).

75e Leçon. — **Les dents.**

L'homme adulte a 32 **dents** : 8 *incisives*, 4 *canines* et 20 *molaires*.

Les **incisives,** placées sur le devant, sont tranchantes.

A côté sont les **canines** qui sont pointues

Les **molaires,** situées en arrière, sont larges et propres à broyer.

Les dents de l'enfant (*dents de lait*) tombent vers l'âge de

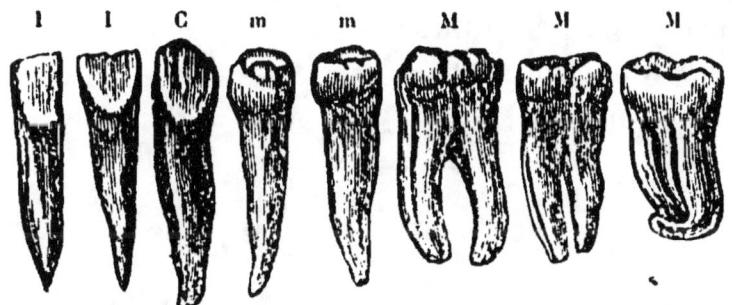

Fig. 78. — Dents.
I incisives, *C* canine, *m* petites mollaires, *M* grosses molaires.

sept ans. Elles sont remplacées par les 32 dents de la dentition complète.

Les dents sont implantées dans les *mâchoires* ; elles sont creusées d'une cavité où se rendent les *vaisseaux sanguins* et les *nerfs*.

L'os de la dent, ou **ivoire**, est recouvert d'une couche très dure, l'**émail**, qui empêche la dent de se *carier*. On doit soigner ses dents, les nettoyer souvent et éviter tout ce qui pourrait les ébranler ou les casser. Sans ces précautions, l'émail se détruit, l'ivoire se creuse jusqu'à la cavité où se trouve le nerf, et on souffre de maux de dents.

Sujet de rédaction.

A quoi servent les dents ? Différentes sortes de dents. Soins qu'il faut donner aux dents (*Bouches-du-Rhône*).

MOIS DE NOVEMBRE

PROGRAMME. — Les nerfs, les sens. Conseils hygiéniques.

(*Voir les leçons 9 à 16*).

MOIS DE DÉCEMBRE

PROGRAMME. — *Classification*. — Vertébrés : mam-
mifères, oiseaux, reptiles, amphibiens, poissons.
Invertébrés : annelés, mollusques, zoophytes.
Caractères principaux.
Revision du trimestre.

(*Voir les leçons 18 à 41*).

MOIS DE JANVIER

PROGRAMME. — *Les minéraux*. — Leur utilité.
Les mines ; le grisou. Quartz, sable, grès,
pierres précieuses, strass, calcaire, marbre,
pierre lithographique, plâtre, albâtre, etc.
Diamant, plombagine, houille, tourbe, etc. Propriétés et usages.

76ᵉ LEÇON. — **Les pierres calcaires.**

On distingue deux catégories de pierres :
1° Les **pierres calcaires**, qui se dissolvent dans les
acides en dégageant de l'acide carbonique.
2° Les **pierres siliceuses**, qui ne sont pas attaquées
par les acides et ne s'altèrent pas au feu.
Les **pierres calcaires** contiennent en combinaison de

la *chaux* et de l'*acide carbonique*. Elles se transforment en chaux lorsqu'on les chauffe à une très haute température.

La *pierre à chaux* et la *pierre de taille* sont des calcaires grossiers.

La *craie* est friable ; réduite en pâte et façonnée en courtes baguettes, elle devient la craie à écrire.

La *pierre lithographique* et le *marbre* sont durs et d'un grain très fin.

La *marne* est une pierre calcaire mélangée d'argile ; elle est très employée pour amender les terres légères.

Le *gypse* ou pierre à plâtre est un calcaire que les acides n'attaquent pas. L'*albâtre* est un gypse très blanc avec lequel on fait des objets d'art.

FIG. 79. — Effervescence de la craie dans le vinaigre.

Sujets de rédaction.

1. Que se passe-t-il quand on met un morceau de craie dans un acide ? Connaissez-vous d'autres pierres qui se comportent de la même façon ? Terminez en citant des pierres sur lesquelles les acides ne produisent aucun effet. (*Hautes-Pyrénées*).

2. Quelle différence existe-t-il entre le marbre et la craie ? Quels sont les usages de ces corps ? (*Aude*).

77e Leçon. — Les pierres siliceuses.

Les **pierres siliceuses** renferment de la *silice* ; la plupart sont extrêmement dures et ne se laissent pas rayer par une pointe d'acier.

Le *silex* ou pierre à fusil était utilisé par les hommes avant la découverte des métaux ; ils le taillaient pour en faire des armes et des outils. On s'en sert pour battre le briquet.

La *pierre meulière* sert à faire des meules de moulin.

Le *grès* est formé de sables siliceux collés ensemble ; il sert à faire des pierres à repasser et des pavés.

Le *quartz* ou cristal de roche est de la silice pure ; on s'en sert pour imiter le diamant.

La plupart des *pierres précieuses* sont de petits cristaux de silice ; tels sont le *rubis* (rouge), le *saphir* (bleu), l'*émeraude* (vert), la *topaze* (jaune) et l'*améthyste* (violet).

Le *granit* est une agglomération de quartz et d'autres cristaux siliceux. On s'en sert pour faire des bordures de trottoirs, des obélisques, des colonnes, etc.

L'*argile* ou terre glaise est une roche siliceuse molle ; elle sert à faire des poteries, des tuiles et des briques. Le *kaolin*, ou terre à porcelaine, est de l'argile pure. L'*ardoise* est une argile très ancienne devenue dure.

Sujets de rédaction.

1. Énumérez les différentes variétés de pierres siliceuses. Donnez leurs caractères et indiquez leurs usages (*Seine-Inférieure*).

2. L'*argile* ; ses propriétés. Fabrication des poteries, de la faïence, de la porcelaine. Les briques et les tuiles (*Haute-Vienne*).

78ᵉ Leçon. — La terre végétale.

La **terre végétale** ou *arable* est la couche supérieure du sol, celle qui peut être labourée. C'est un mélange de quatre éléments : le *sable siliceux*, l'*argile*, le *calcaire* et le *terreau* ou humus. Le terreau, élément très fertilisant, est formé par les débris des animaux et des végétaux.

Le sol est fertile lorsque les éléments sont en proportions convenables pour qu'il soit suffisamment perméable, qu'il se laisse travailler, et qu'il contienne des sels activant la végétation.

Amender un sol, c'est y introduire celui de ses éléments qui lui manque.

Ainsi, un sol *argileux* est trop compact ; l'eau et l'air y circulent difficilement. On l'ameublit avec du sable et de la chaux.

Un sol *sablonneux* est trop léger et se dessèche vite. On le rend plus cohérent en y mettant de la marne, qui renferme de l'argile.

Quand une terre est épuisée par la culture, on lui rend sa fertilité par les **engrais** qui contiennent de l'*azote*. Après le fumier, les engrais es plus employés sont le purin, la poudrette, le guano, les tourteaux et les *engrais chimiques* (nitrates et phosphates).

Sujets de rédaction.

1. Qu'appelle-t-on sol arable ? Pourquoi faut-il souvent l'amender ? Quels sont les principaux amendements ? (*Indre*).

2 *Le calcaire.* — Caractères du calcaire ; son rôle dans le sol. Moyens employés pour donner de la chaleur aux sols qui en manquent (*Meuse*).

79e LEÇON. – La chaux.

La **chaux** s'obtient en cuisant la pierre calcaire dite *pierre à chaux*, qui est une combinaison de chaux et d'acide carbonique.

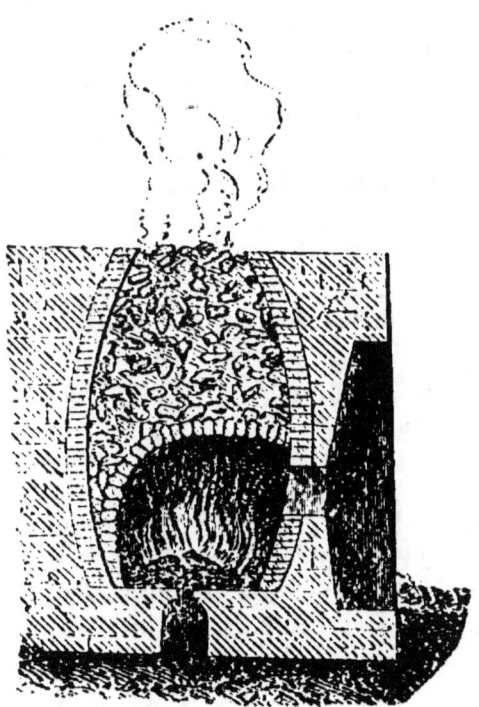

FIG. 80. — Four à chaux.

Dans un *four* en forme de tour, on met par couches les pierres et du charbon de terre. Allumé à la base, le feu se propage jusqu'au sommet du tas ; on laisse cuire pendant plusieurs jours ; l'acide carbonique se dégage, et on obtient de la *chaux vive*.

Pour faire le mortier, on éteint la chaux en y ajoutant de l'eau, qu'elle absorbe en dégageant une forte chaleur et des vapeurs. Le maçon délaie dans l'eau la *chaux éteinte*, la mélange avec du sable, et obtient le *mortier*, qui a la propriété de durcir dans la maçonnerie.

La **chaux hydraulique** a la propriété de durcir sous

l'eau. Le mortier hydraulique sert pour les constructions faites sous l'eau ou dans un sol humide.

Le **ciment** est une variété de chaux hydraulique qui, quelques heures après qu'il a été gâché, a déjà acquis une grande dureté.

La chaux ordinaire est employée comme amendement.

Sujet de rédaction.

Qu'est-ce que la chaux ? Comment l'obtient-on ? Quels sont ses principaux usages ? (*Loiret*).

80ᵉ Leçon. — Les carrières et les mines.

Les **carrières** sont des excavations à ciel ouvert d'où l'on extrait des matériaux de construction.

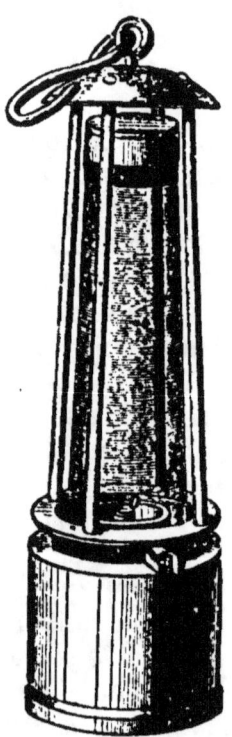

Fig. 81. — Lampe Davy.

Les principaux de ces matériaux sont : les *pierres de taille* et les *moellons*, employés pour la maçonnerie ; le *marbre*, pierre dure d'un grain très fin, pouvant prendre un beau poli ; l'*ardoise*, dont on se sert pour couvrir les maisons.

Les **mines** sont des trous profonds et des galeries souterraines d'où l'on extrait des métaux et des minéraux. Il y a des mines de houille, de fer, de cuivre, de zinc, de plomb, d'or, d'argent, etc.

Le travail des mineurs est pénible et dangereux ; ils ont à craindre les inondations, les éboulements, l'asphyxie et les explosions de grisou.

Le **grisou**, qui se dégage dans les mines de houille, est un gaz analogue au gaz d'éclairage ; il est inflammable et produit des explosions terribles s'il se trouve mêlé à l'air. Les mineurs évitent le *feu grisou* en faisant usage de la *lampe Davy*.

Sujet de rédaction.

Principaux matériaux qui entrent dans la construction d'une maison (*Haute-Loire*).

81ᵉ Leçon. — **Le charbon**.

La **houille,** ou *charbon de terre*, est une substance noire très combustible que l'on extrait des profondeurs de la terre.

Fig. 82. — Coupe d'une mine.

Elle provient de la décomposition des végétaux qui existaient sur la terre il y a des milliers de siècles.

La houille chauffe nos maisons, alimente les machines à vapeur et produit le *gaz d'éclairage*.

On obtient ce gaz en calcinant la houille dans des vases clos ; le résidu de la houille est le **coke**.

La **tourbe,** qui se trouve dans les endroits marécageux, est un charbon formé de débris de certaines mousses.

Le **graphite** ou plombagine, avec lequel on fait les crayons, et le précieux **diamant**, sont des variétés de charbon.

Le **charbon de bois** est du bois carbonisé imparfaitement. Pour l'obtenir, on établit une meule de bûches recouverte de feuilles sèches et de terre battue. Une cheminée est ménagée au centre, et, sur divers points, des trous pour le passage de l'air. On met le feu et, lorsque la fumée cesse d'être épaisse, on bouche la cheminée et les évents ; la combustion s'achève lentement, et on a le charbon de bois.

Sujets de rédaction.

1. Donnez la description d'une mine de houille et des travaux des mineurs. Faites connaître les principales mines de houille du département du Nord, puis des autres départements français. Terminez par l'indication des usages divers de la houille, des grandes industries qu'elle fait vivre et des importants services qu'elle nous rend (*Nord*).

2. Énumérez les différents combustibles en usage dans l'économie domestique, et dites ce que vous savez de leur préparation et de leur origine (*Indre-et-Loire*).

MOIS DE FÉVRIER

PROGRAMME. — Kaolin, argile, marne, sel, salpêtre. Fonte, fer, acier, plomb, étain, fer-blanc, zinc, fer galvanisé, cuivre, laiton, arsenic, or, platine, aluminium. Propriétés et usages de ces matériaux.

(*Voir les leçons 76, 77, 78, 101 et 108.*)

82ᵉ LEÇON. — Le sel.

Le **sel** (*chlorure de sodium*), dont on fait un si grand usage, se présente sous deux formes dans la nature.

Il se trouve dans la terre sous forme de cristaux : c'est le **sel gemme.**

On le retire aussi de l'eau de la mer, qui en contient environ 25 grammes par litre. On fait arriver celle-ci dans de vastes bassins peu profonds appelés *marais salants*. La chaleur du soleil et le vent font évaporer l'eau ; le sel se dépose, et l'on n'a plus qu'à le recueillir : c'est le **sel marin.**

Le sel est un aliment indispensable aux hommes et aux animaux. L'industrie en consomme de grandes quantités pour conserver les viandes et pour fabriquer l'*eau de javelle*,

Fig. 83. — Les marais salants.

employée dans lo blanchiment, et le *chlore*, gaz jaune verdâtre dangereux à respirer, qui est un décolorant et un désinfectant. On trouve dans le commerce du *chlorure de chaux*, poudre blanche qui renferme du chlore et possède les mêmes propriétés. On retire aussi du sel la *soude*, qui sert à la fabrication du verre et des savons durs et au blanchiment.

Sujet de rédaction.

Parlez du sel. Sel marin, sel gemme. Où trouve-t-on le sel ? Comment l'extrait-on ? Quels sont les principaux usages du sel ? (*Seine*).

83e Leçon. — Le verre.

Le **verre** est une substance transparente et fragile dont les usages sont innombrables.

Pour faire le verre, on mélange du *sable* soit avec de la *potasse*, que l'on extrait des cendres de bois, soit avec de la *soude*, que l'on retire du sel marin ou des cendres de plantes marines. Le mélange, placé dans des creusets en terre réfractaire, est chauffé très fortement. Lorsqu'il est fondu, on le laisse refroidir jusqu'à ce qu'il devienne pâteux·; c'est alors qu'il peut être travaillé. Avec un tube de fer appelé *canne*, le verrier prend une masse de verre, la souffle afin de la

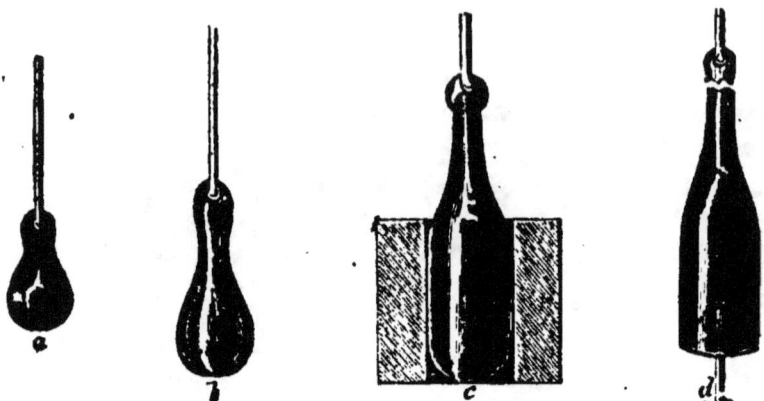

Fig. 84. — Bouteille.
Formes que prend successivement le verre soufflé pour devenir une bouteille.

gonfler, et imprime à sa canne des mouvements qui font prendre à l'objet la forme voulue.

Le **cristal** est plus limpide et plus sonore que le verre ordinaire ; il se fait avec du sable blanc, de la potasse et du minium ou oxyde de plomb.

Le **strass** sert à imiter les pierres précieuses ; il se fait avec du cristal de roche, de la potasse, du minium, et un peu de borax et d'acide arsénieux.

Sujet de rédaction.

Le verre. — Sa fabrication, ses usages (*Tarn*).

84ᵉ Leçon. — Le fer.

Le **fer** est le plus utile de tous les métaux, grâce à sa dureté et à sa ténacité, qui le rendent propre à une foule d'usages.

Après son extraction, on traite le minerai de fer dans les hauts-fourneaux, où il est mélangé de charbon et porté à une température excessive. Par la fusion, on obtient la **fonte**, mélange de fer et de charbon.

La fonte est cassante à cause du charbon qu'elle contient ; on l'en débarrasse en la portant au rouge et en la battant au

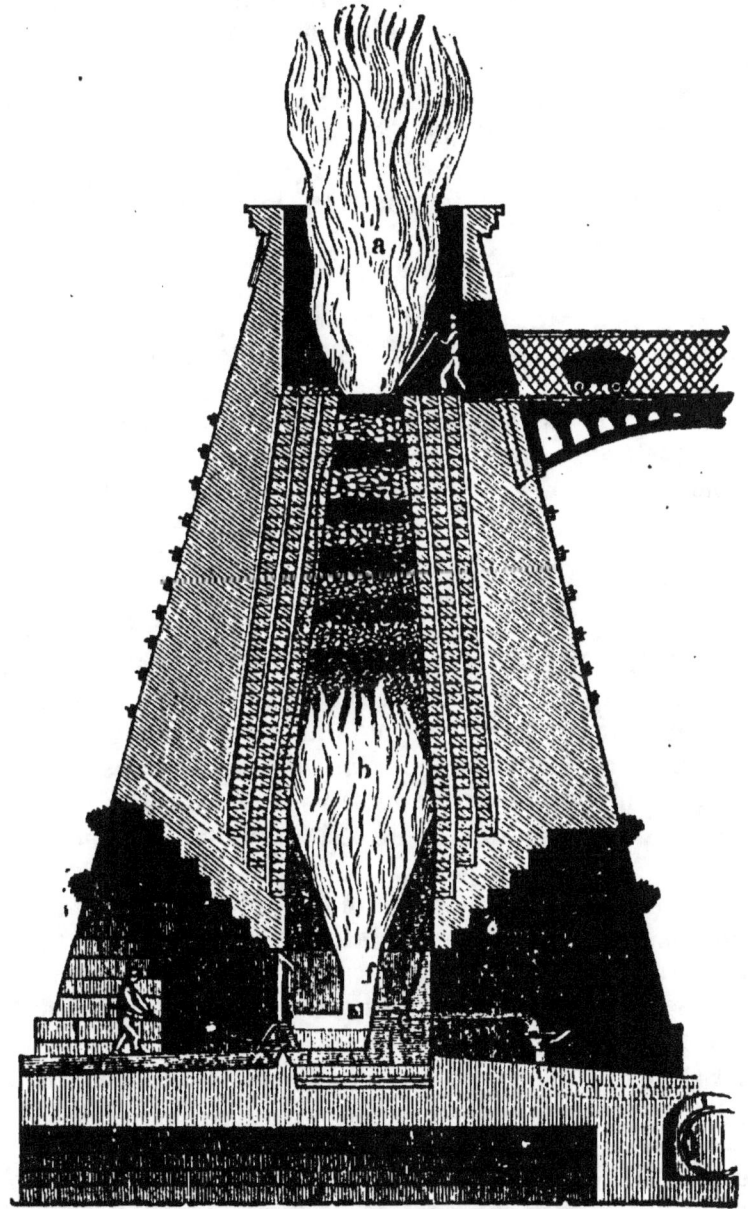

FIG. 85. — Haut-fourneau.

marteau-pilon; on a alors du **fer.** On préserve le fer de la rouille en le *galvanisant*, c'est-à-dire en le recouvrant de zinc.

On obtient du **fer-blanc** en trempant dans de l'étain fondu de la *tôle*, c'est-à-dire du fer réduit en lames minces.

L'acier est du fer mêlé à une faible quantité de charbon ; il en renferme moins que la fonte. On le *trempe* pour le rendre dur et élastique ; tremper l'acier, c'est le chauffer, puis le refroidir brusquement en le plongeant dans l'eau froide.

Sujets de rédaction.

Le fer. — Son extraction ; les préparations qu'on lui fait subir avant de l'employer. Ses usages. Dire un mot de la fonte et de l'acier (*Eure-et-Loir*).

2. Quel est, à votre avis, le plus utile des métaux ? Exposez vos raisons, et faites connaître les principaux emplois de ce métal ? (*Seine-Inférieure*).

85ᵉ Leçon. — Le cuivre, l'étain, le zinc, le plomb.

Le **cuivre** est un métal rouge très malléable. On traite son minerai à peu près comme le minerai de fer. Les ustensiles de cuisine en cuivre, au contact des corps gras, se couvrent d'une rouille appelée *vert-de-gris*, qui est un poison violent. Pour les empêcher de se rouiller, on les recouvre à l'intérieur d'une couche **d'étain**, métal peu altérable à l'air.

Le *bronze* est un alliage de cuivre et d'étain ; on en fait des canons, des cloches, des statues, des monnaies, etc.

Le *laiton* ou cuivre jaune est un alliage de cuivre et de zinc ; il sert à faire des lampes, des instruments de musique, des épingles, etc.

Le **zinc** est un métal d'un blanc bleuâtre ; comme il est peu oxydable, on l'emploie pour les toitures, les gouttières, les arrosoirs, etc.

Le **plomb** est un métal blanc, brillant, très lourd, facile à rayer, qui fond facilement et s'altère peu à l'air. On en fait des tuyaux pour conduire l'eau ou le gaz d'éclairage.

Sujets de rédaction.

1. Les métaux les plus répandus Leurs propriétés. Leurs usages (*Ardèche*).

2. Après avoir passé en revue les services rendus à l'homme par les métaux que vous connaissez, dites quels sont les deux métaux que vous préférez et pourquoi (*Haute-Savoie*).

86ᵉ Leçon. — L'or, l'argent, l'aluminium, le platine.

L'or et l'**argent** sont des métaux précieux; on les extrait de leurs minerais au moyen du mercure. Ils ne se rouillent pas et peuvent être réduits en feuilles extrêmement minces. On les emploie pour la fabrication des monnaies, des bijoux, de la vaisselle de luxe, etc. Ces métaux sont trop mous pour être utilisés purs; on les allie à une petite quantité de cuivre.

La *pierre infernale* ou azotate d'argent est employée en médecine pour cautériser. Les images photographiques s'obtiennent au moyen de préparations d'argent qui ont la propriété de noircir à la lumière.

L'aluminium, que l'on extrait de l'argile, est un métal léger comme le verre, blanc et inaltérable comme l'argent. De plus, il est ductile, malléable et très sonore. Ses usages tendent à se répandre.

Le **platine** est le plus lourd, le plus inaltérable et le moins fusible des métaux. On en fait des pièces d'horlogerie délicates ainsi que des creusets et des alambics destinés à être soumis à de hautes températures.

Sujets de rédaction.

1. Quels sont les métaux dont le prix est le plus élevé? Quelles sont leurs propriétés et leurs usages ? (*Seine*).

2. *Les métaux.* — Énumérez ceux que vous connaissez ; parlez de leur extraction et de leurs usages, soit dans nos maisons, soit dans le commerce, l'agriculture et l'industrie (*Vosges*)

MOIS DE MARS

PROGRAMME. — *Physique*. Attraction universelle ou *pesanteur*. Chute des corps. *Levier* du premier genre. Balance, pince de paveur. *Equilibre des liquides*. Surface horizontale. Application du principe d'équilibre des liquides. Jets d'eau. Puits artésiens. Poids de l'air.

Pression atmosphérique. (La mettre en évidence par un tube barométrique, par une éprouvette ou même par un verre ordinaire rempli d'eau, couvert d'une feuille de papier, puis renversé convenablement).

Mesure de la pression atmosphérique par le baromètre. Applications du principe de la pression atmosphérique. Pompe, siphon, pipette, ventouse, etc.

(Voir les leçons 62 à 64.)

87e LEÇON. — **La pesanteur.**

Les corps sont attirés verticalement vers la terre par une force qu'on appelle la **pesanteur**.

Le **poids** d'un corps est la pression exercée par ce corps sur l'objet qu. le supporte.

La **densité** d'un corps est le rapport du poids de ce corps au poids d'un égal volume d'eau. Sachant que le centimètre cube d'eau pèse 1 gramme et que le centimètre cube de fer pèse 7 gr. 8, on dit que la densité du fer est 7,8.

Il y a des corps plus légers que l'eau. Tel est le liège, dont la densité est 0,24.

Sans la résistance de l'air, deux corps de poids inégal, par exemple un morceau de papier et une pierre, tomberaient à terre avec une vitesse égale.

Un corps qui tombe a un mouvement de plus en plus rapide. Les *moutons* employés pour enfoncer des pilotis sont une application de cette loi.

Quand un corps tombe, l'espace qu'il parcourt est proportionnel au carré du temps employé à le parcourir.

Une pierre qui tombe parcourt 4 m 9 dans la première seconde de sa chute. Si la chute dure 2 secondes, l'espace parcouru est égal à quatre fois 4 m. 9.

Sujet de rédaction.

Tous les corps ont-ils le même poids que l'eau ? Qu'appelle-t-on densité d'un corps ? Comment la détermine-t-on ? (*Allier*).

88ᵉ Leçon. — Le levier. La balance.

Un **levier** est une barre résistante mobile autour d'un

FIG. 86. — Levier ordinaire.
P puissance, *A* point d'appui, *R* résistance.

point d'appui, et qui sert à soulever des fardeaux.

Dans le levier ordinaire, le point d'appui est situé entre les deux forces (*résistance* et *puissance*), et il partage la barre en deux parties appelées les *bras du levier*. L'effort à exercer est d'autant moins grand que le bras sur lequel on appuie est plus long. La *pince du paveur* est une application de ce principe.

Lorsque les bras sont égaux, deux forces

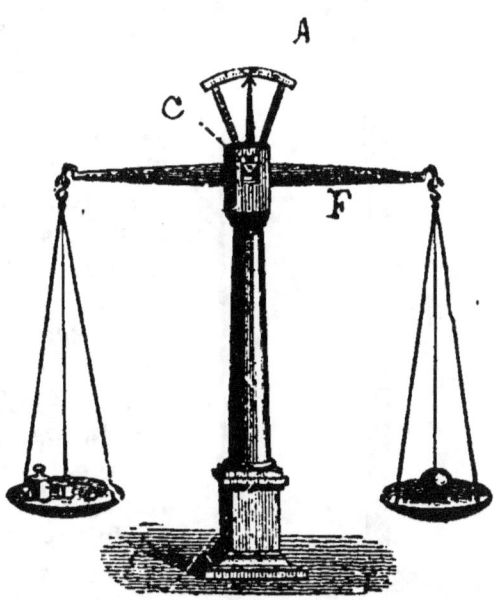

FIG. 87. — Balance ordinaire.
A aiguille, *C* couteau, *F* fléau.

égales se font équilibre. C'est ce qui a lieu dans la **balance ordinaire**, dont le *fléau* est un levier suspendu par son milieu et portant un plateau à chaque extrémité. Dans l'un des plateaux, on place l'objet à peser ; dans l'autre, on met des poids pour amener le fléau dans la position horizontale.

Dans la **bascule**, l'un des bras est dix fois plus grand que l'autre, de sorte que les poids placés à l'extrémité du long bras font équilibre à des corps dix fois plus lourds mis sur le plateau.

Sujet de rédaction.

A quoi servent les balances ? Faites la description d'une balance ordinaire. Quand dit-on que la balance est en équilibre ? Terminez en parlant de la bascule (*Jura*).

89ᵉ Leçon. — **Equilibre des liquides.**

La surface d'un liquide en *équilibre*, c'est-à-dire en repos, est horizontale.

Quand deux vases contenant un liquide en équilibre communiquent ensemble, le niveau est le même dans les deux vases.

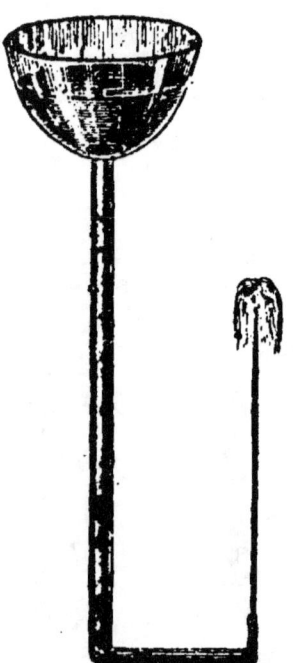

FIG. 88. — Jet d'eau.

Les principales applications du principe des *vases communiquants* sont les jets d'eau, les sources jaillissantes, les puits artésiens et les tuyaux de conduite d'eau dans les villes. A l'aide de ces tuyaux, on amène dans des fontaines l'eau d'un réservoir placé sur une hauteur ; dans quelques grandes villes, on la fait monter aux différents étages des maisons.

L'eau exerce sur le fond et les parois des vases qui la renferment une **pression** d'autant plus grande que le liquide est plus profond. Lorsqu'il se trouve une ouverture sur le fond ou les parois, cette pression se traduit par un jet.

Les poissons ne sont pas écrasés par la pression de l'eau parce que cette pression s'exerce de tous les côtés à la fois et que les solides et les liquides qui composent son corps sont incompressibles.

Sujets de rédaction.

1. Vous avez vu un jet d'eau; décrivez-le. Pourquoi l'eau jaillit-elle plus ou moins haut ? Feriez-vous un petit jet d'eau ? Comment vous y prendriez-vous ? (*Haute-Saône*).

2 Expliquez pourquoi un puits contient presque toujours de l'eau ; comment on construit un jet d'eau, et comment l'eau peut être distribuée dans les étages des hautes maisons (*Seine*).

90ᵉ Leçon. — **Les corps flottants.**

Quand un solide est plongé dans un liquide, ce liquide exerce sur le corps plongé des pressions analogues à celles qu'il exerce sur les parois du vase.

Archimède a calculé qu'*un corps plongé dans un liquide*

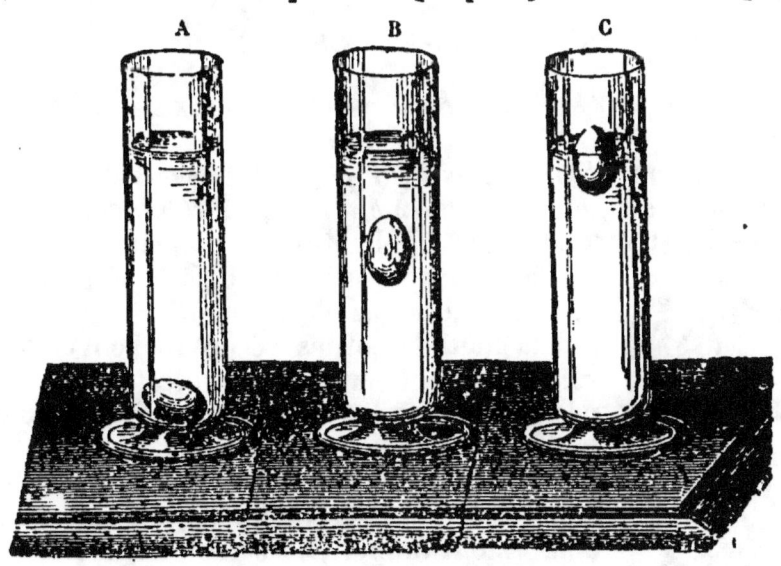

Fig. 89. — Expérience de l'œuf flottant.
A eau pure, B eau salée, C eau saturée de sel.

reçoit une poussée de bas en haut égale au poids du volume de liquide qu'il déplace.

Un corps plus dense que le liquide va au fond, la poussée qu'il reçoit étant inférieure à son poids.

Un corps de même densité que le liquide reste en équilibre dans le sein du liquide, la poussée et le poids étant égaux.

Un corps moins dense que le liquide flotte, la poussée qu'il reçoit étant supérieure à son poids.

On peut réaliser les trois cas possibles au moyen d'un œuf et d'eau salée. Plongé dans l'eau pure, l'œuf va au fond; dans l'eau salée suffisamment, il se maintient au sein du liquide; dans l'eau saturée de sel, il flotte.

Les matières plus denses que l'eau peuvent flotter si on leur donne une forme qui leur permette de déplacer un grand volume d'eau. Ainsi, beaucoup de vaisseaux sont construits presque entièrement en fer.

Sujet de rédaction.

Qu'appelle-t-on densité d'un corps? Indiquez quelles conditions doit remplir un corps plongé dans l'eau : 1° pour s'enfoncer; 2° pour rester dans le milieu de la masse; 3° pour flotter (*Tarn-et-Garonne*).

91ᵉ Leçon. — Les ballons.

Le principe d'Archimède est applicable aux gaz comme aux liquides.

Tout corps plongé dans l'air reçoit une poussée de bas en haut égale au poids du volume d'air qu'il déplace.

Les **ballons** sont une application de ce principe. On les gonfle avec un gaz plus léger que l'air, l'hydrogène ou le gaz d'éclairage.

Fig. 90.— Ballon.

Un filet de cordes recouvre l'enveloppe de soie vernie et supporte la *nacelle* en osier où prennent place les voyageurs. On dépose dans la nacelle des sacs de sable pour lester le ballon et faire en sorte que la poussée ne dépasse le poids total du ballon que d'un ou deux kilogrammes. Lorsqu'on lâche les cordes qui le retiennent à la terre, le ballon s'élève lentement et parvient à une grande hauteur, surtout si on jette du *lest*.

Quand l'aéronaute veut redescendre, il ouvre une *soupape* qui laisse échapper du gaz.

Les plus hautes ascensions ne dépassent pas 8,000 mètres ; elles sont alors dangereuses, car l'aéronaute est plongé dans un air très raréfié, et il court le risque d'être asphyxié.

Sujet de rédaction.

La semaine dernière, on a lancé chez vous un ballon. Vous écrivez à ce sujet à un camarade absent pour lui faire part de ce que vous avez remarqué. Vous profiterez de la circonstance pour lui rappeler comment et par qui ont été inventés les ballons ; vous lui ferez remarquer la différence qu'il y a entre les premiers ballons et ceux d'aujourd'hui ; enfin, vous lui expliquerez pourquoi ils s'élèvent dans l'air et à quoi ils sont utiles (*Seine*).

92e Leçon. — Le vent.

Le **vent** est une masse d'air en mouvement.

Chaque fois que le soleil échauffe un point du globe, l'air s'élève et est remplacé par l'air des régions voisines, qui arrive en produisant du vent.

Ainsi, sur le bord de la mer, le soleil échauffe le sol ; l'air monte et il aspire celui de la mer : c'est la *brise de mer*. La nuit, au contraire, l'air de la terre se refroidit plus vite que celui de la mer ; celui-ci monte et est remplacé par l'air de la terre : c'est la *brise de terre*.

Certains vents portent des noms particuliers. La *bise*, qui souffle du Nord, et le *mistral* qui atteint le sud de la France, sont des vents froids et violents. Le brûlant *sirocco* souffle dans le midi de l'Europe. Le redoutable *simoun* s'abat sur le Sahara et sur l'Égypte.

Le vent souffle parfois avec une si grande violence, surtout dans les régions équatoriales, qu'il déracine les arbres et renverse les maisons.

Par contre, il nous rend aussi de bien grands services. Il entraîne la vapeur d'eau produite par la mer et la transporte sur les continents où elle tombe en pluie. Il fait, en outre, mouvoir les vaisseaux à voiles et les moulins à vent.

Sujets de rédaction.

1. Racontez l'expérience de la bougie dont la flamme s'incline tantôt d'un côté, tantôt d'un autre, selon qu'on la place en haut ou en bas d'une

porte entr'ouverte. Expliquez ensuite ce double déplacement d'air, et montrez enfin que le vent est dû à une cause analogue (*Indre-et-Loire*).

2. Un grand vent vient d'abîmer les récoltes et les arbres de votre commune. Expliquez à votre plus jeune frère ce que c'est que le vent ; montrez-lui que, s'il est] parfois nuisible, il nous rend aussi bien des services (*Hautes-Alpes*).

MOIS D'AVRIL

PROGRAMME. — *Chaleur*. — Ses effets sur les corps. Si possible, expérience de l'anneau de S'Gravesande. Construction et usage du thermomètre. Ebullition de l'eau. Machine à vapeur. Evaporation de l'eau. Pluie, rosée, neige, glace, etc. Pierre gélive. Corps bons conducteurs ou mauvais conducteurs de la chaleur. Pouvoir émissif, pouvoir absorbant.

Lumière. Propagation, vitesse, réflexion. Miroir, plan. Réfraction de la lumière. Dispersion. Arc-en-ciel. Lumière blanche. Disque de Newton. Couleur des corps.

(*Voir les leçons 66, 67 ; 69 à 72*).

93e LEÇON. — **Conductibilité pour la chaleur**.

Une barre de fer dont l'une des extrémités plonge dans le feu s'échauffe tout entière parce que la chaleur est conduite jusqu'à l'autre extrémité. On dit que le fer est **bon conducteur** de la chaleur.

Si l'on met au feu le bout d'une baguette en bois, l'autre bout ne s'échauffe pas : le bois est **mauvais conducteur** de la chaleur.

Les métaux sont des corps bons conducteurs, tandis que l'air, les liquides, la terre, la paille, le papier, la laine, la soie et la plupart des substances animales et végétales sont des corps mauvais conducteurs.

Suivant leur conductibilité, des corps possédant la même température nous paraissent chauds ou froids. Un morceau de fer nous parait froid parce qu'il enlève de la chaleur à la main. Le bois, au contraire, ne prend pas de chaleur à la main et ne nous semble pas froid.

Nos vêtements nous paraissent chauds parce qu'ils sont mauvais conducteurs et qu'ils empêchent la chaleur de notre corps de se perdre.

Sujet de rédaction.

Parlez du froid. Dites quels sont ses effets sur les personnes, sur les animaux, sur les plantes et sur les choses. Indiquez les précautions à prendre pour prévenir les fâcheux effets du froid à l'égard des uns et des autres. Dire quels sont les meilleurs vêtements (*Aisne*).

94ᵉ Leçon. — La chaleur rayonnante.

La **chaleur** ne se transmet pas seulement par conductibilité; elle se transmet encore à distance absolument comme la lumière, par **rayonnement**. C'est ainsi que le soleil nous envoie sa chaleur à travers l'espace.

Quand un rayon de chaleur tombe sur une surface noire et dépolie, il est **absorbé**. S'il tombe sur une surface blanche et polie, il est **réfléchi**. Une surface dont l'état est intermédiaire, c'est-à-dire qui est plus ou moins dépolie et de couleur plus ou moins sombre, absorbe une partie de la chaleur et réfléchit le reste.

Citons quelques applications de la **chaleur rayonnante**.

Quand une pierre blanche et une ardoise ont été exposées tout le jour au soleil, l'ardoise est bien plus chaude que la pierre. Les vêtements blancs garantissent contre l'ardeur des rayons du soleil. La neige ne fond que lentement sous l'action des rayons solaires.

Les terres blanches s'échauffent peu au soleil: ce sont des terres froides. La végétation y est moins active que sur les terres brunes, qui sont des terres chaudes.

Sujet de rédaction.

Qu'est-ce que la chaleur rayonnante? Pouvoir absorbant, pouvoir réflecteur. Applications principales de la chaleur rayonnante.

95ᵉ Leçon. — **Réflexion de la lumière.**

La **lumière** se propage en ligne droite avec une vitesse de **77.000** lieues par seconde. Elle traverse les corps *transparents* (air, eau, verre, etc.), mais les corps *opaques* l'arrêtent, et en arrière de ceux-ci se produit l'*ombre*.

Une surface bien polie, un miroir par exemple, renvoie un

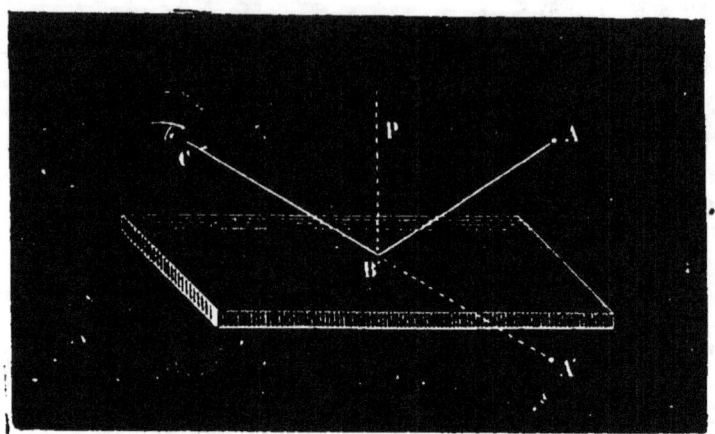

FIG. 91. — Réflexion de la lumière.

A objet, A' image de l'objet, *AB* rayon incident, *BC* rayon réfléchi. L'angle d'incidence *ABP* est égal à l'angle de réflexion *PBC*.

rayon lumineux de la même façon qu'un mur renvoie une balle élastique. On dit qu'il **réfléchit** la lumière.

Les rayons lumineux et les rayons réfléchis forment des angles égaux avec la perpendiculaire élevée sur le miroir. En d'autres termes, *l'angle de réflexion est égal à l'angle d'incidence.*

L'image d'un objet réfléchi par un miroir semble située en arrière du miroir à la même distance que l'objet lui-même est placé en avant ; mais c'est une illusion : il n'existe en réalité que des rayons lumineux réfléchis à la surface du miroir et reçus dans notre œil. L'image formée est symétrique de l'objet.

Sujet de rédaction.

La lumière. — Comment elle se propage. Sa vitesse. Quand la lumière est-elle réfléchie ? Formation des images dans un miroir.

96ᵉ Leçon. — **Réfraction de la lumière.**

Lorsqu'un rayon lumineux passe obliquement d'un milieu transparent dans un autre milieu également transparent et de densité différente, il change de direction. C'est ainsi qu'un bâton plongé en partie dans l'eau parait brisé. Ce phénomène s'appelle la **réfraction.**

Une **lentille** est un morceau de verre dont les surfaces ne

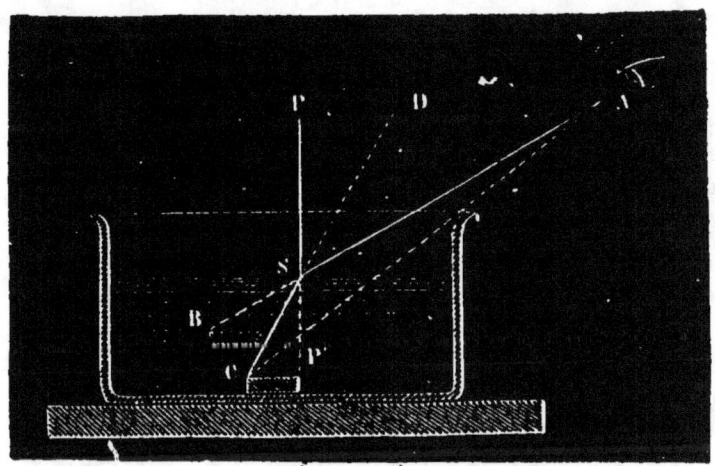

Fig. 92. — Réfraction de la lumière.

Le rayon lumineux *CS* dévie à la sortie de l'eau et prend la direction *SA*. L'observateur voit l'objet en *B* dans le prolongement du rayon réfracté.

sont pas planes ; il y a des lentilles bombées ou *convexes* et des lentilles creusées ou *concaves*.

Les **lentilles convexes** ont la propriété de concentrer les rayons lumineux et de former des images que l'on peut recevoir dans une *chambre obscure* sur une surface appelée *écran* (photographie).

Dans notre œil, le *cristallin* est une lentille, et la *rétine* un écran.

Une *loupe*, qui sert à grossir les objets, est une lentille convexe. Le *microscope*, composé de plusieurs lentilles, grossit considérablement les objets rapprochés.

Les **lentilles concaves** font écarter ou *diverger* les rayons lumineux ; ils rapetissent les objets.

5 Nord

Les *lunettes d'approche* sont formées d'une lentille convexe et d'une autre concave.

Les lunettes de *myope* sont des lentilles concaves ; celles de *presbyte* sont des lentilles convexes.

Sujet de rédaction.

Dites ce que c'est qu'une lentille convexe et quelles en sont les propriétés. Montrez ensuite que l'appareil du photographe et l'œil de l'homme se composent surtout d'une lentille concentrant l'image sur un écran.

97ᵉ Leçon. — **Les couleurs.**

Lorsqu'on fait passer à travers un **prisme** triangulaire en verre un rayon lumineux introduit dans une chambre obscure, ce rayon se décompose et forme sur le mur une

Fig. 93. — Disque de Newton.

image colorée qu'on appelle le **spectre solaire**. Cette image est composée de sept couleurs : *violet, indigo, bleu, vert, jaune, orangé, rouge.*

· Le phénomène de **l'arc-en-ciel,** qui présente aussi ces

sept couleurs, est dû à la décomposition de la lumière solaire par les gouttes de pluie.

La **lumière blanche** est donc composée de sept couleurs ; on peut la recomposer à l'aide du *disque de Newton*. Ce disque est divisé en sept sections ayant chacune une des couleurs du spectre solaire, et enfilé dans une baguette ; si on le fait tourner rapidement, il paraît blanc.

Les couleurs diverses des corps sont dues à ce que ces corps ne réfléchissent pas également tous les rayons colorés dont se compose la lumière blanche. Un corps qui réfléchit les sept rayons colorés est blanc. Celui qui les absorbe tous est noir. Un corps est bleu lorsqu'il absorbe six couleurs et ne réfléchit que les rayons bleus, etc.

Sujet de rédaction.

Dispersion de la lumière. Spectre solaire. L'arc-en-ciel. Recomposition de la lumière blanche. Coloration des corps.

98ᵉ Leçon. — **Le son.**

Le **son** est produit par un corps qui vibre. Les *vibrations* se communiquent à l'air, qui vibre à son tour jusque dans notre oreille.

Le son ne se propage pas dans le vide ; il parcourt dans l'air 340 m. par seconde. On calcule la distance à laquelle se trouve un orage en multipliant 340 m. par le nombre de secondes qui s'écoulent entre l'éclair et le bruit du tonnerre.

Les liquides et les solides transmettent le son mieux et plus vite que l'air.

Le son se réfléchit contre les obstacles à la façon de la lumière ; c'est ce qui produit l'**écho.**

Le son est d'autant plus **aigu** que le corps vibre plus vite, et d'autant plus **grave** qu'il vibre plus lentement.

Dans les *instruments de musique à cordes*, le son est d'autant plus grave que la corde est plus longue et moins tendue. Dans les *instruments à vent*, la gravité du son augmente avec la longueur du tuyau dans lequel vibre l'air.

Le *diapason* est construit de façon à donner le *la* (870 vibrations par seconde).

Sujet de rédaction.

Par quoi est produit le son ? Comment les vibrations arrivent-elles à notre oreille ? Vitesse du son dans l'air. Les liquides et les solides transmettent-ils le son ? — Écho. — Que résulte t-il du nombre plus ou moins grand de vibrations ? Les instruments de musique. Le diapason.

MOIS DE MAI

PROGRAMME. — *Electricité statique.* — Bâton de verre et bâton de résine électrisés. Corps bons ou mauvais conducteurs de l'électricité Electrisation par influence. Electrisation des nuages (expérience du cerf-volant). Foudre. Paratonnerre.

Magnétisme. — Aimants naturel et artificiel. Propriété de l'aiguille aimantée. Boussole. Aimantation. Usage des aimants.

Electricité dynamique — Courant électrique. Pile. Décomposition de l'eau. Effets magnétiques du courant électrique. Télégraphe.

99e LEÇON. — L'électricité.

L'électricité est une force qui se développe par le frottement à la surface de certains corps, comme le verre, la cire à cacheter et la résine. Elle se manifeste en attirant les corps légers et en produisant des étincelles.

Les corps qui conduisent bien l'électricité, comme l'eau, l'air humide, la terre, le corps humain et les métaux, sont dits **bons conducteurs** de l'électricité.

Ceux qui conduisent mal l'électricité, tels que le verre, la cire à cacheter, la résine, le soufre, la soie et le caoutchouc, sont dits **mauvais conducteurs**

Les bons conducteurs ne gardent l'électricité que si on les **isole** en les enveloppant d'un mauvais conducteur.

Lorsque le bon conducteur est terminé en pointe, l'électricité s'échappe par cette pointe sans produire d'étincelle.

C'est ce qu'on appelle le **pouvoir des pointes**, sur lequel est basé le *paratonnerre*.

Sujet de rédaction.

Décrivez une ou deux expériences très faciles à réaliser pour montrer l'existence de l'électricité. Corps bons conducteurs, corps mauvais conducteurs. Pouvoir des pointes (*Cher*).

100e Leçon. — Le paratonnerre.

Pendant un orage, la plupart des éclairs accompagnés du bruit du tonnerre jaillissent entre deux nuages électrisés.

Il y a toutefois des éclairs qui jaillissent entre un nuage et la terre. Si l'éclair se dirige du nuage vers la terre, la *foudre tombe*, comme on dit.

Pour préserver les édifices de la foudre, Franklin a inventé le **paratonnerre**, qui est une application du *pouvoir des pointes*. Cet appareil consiste en une longue tige de métal terminée en pointe, que l'on place au sommet de l'édifice. Cette tige est prolongée par une chaîne de fer qui descend jusqu'au sol et plonge dans un puits où se trouve de l'eau, du coke ou de la braise, substances bonnes conductrices.

Fig. 94. — Le Paratonnerre.

Parfois, quand passe un nuage orageux, l'électricité de la terre s'écoule par la pointe et va dans le nuage. Mais si le nuage est par trop chargé de fluide, la foudre tombe sur la pointe du paratonnerre et va se perdre dans la terre.

Sujets de rédaction.

1. L'électricité. La foudre. Le tonnerre. En quoi consiste le paratonnerre ? Expliquez comment et pourquoi le paratonnerre préserve de la foudre (*Var*).

2. Faites la description d'un orage. Dites si vous avez peur ou non des orages. Est-ce le tonnerre ou l'éclair qui vous impressionne le plus ? Pourquoi ? (*Aube*).

101e Leçon. — Les piles électriques.

Toutes les fois qu'une réaction chimique a lieu, il se développe de l'électricité ; c'est sur ce principe que reposent les piles électriques.

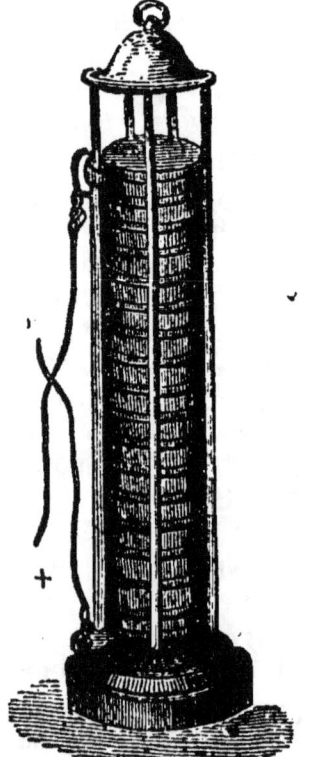

Pour construire la **pile de Volta**, on empile des sous, des ronds de zinc et des rondelles de drap, une dizaine de chaque sorte, toujours dans le même ordre, et on les attache ensemble. On trempe cette colonne dans du vinaigre très fort et on la place sur une assiette. Enfin, dessus et dessous, aux **pôles** de la pile, on fixe deux fils de laiton, l'un sur un rond de cuivre, l'autre sur un rond de zinc, et l'électricité se manifeste. Si l'on réunit les deux fils, l'électricité court le long des fils d'un pôle à l'autre ; il y a un **courant**.

La pile de Volta a subi de nombreuses modifications. Les **piles usuelles** les plus connues sont celles de Bunsen, de Daniell et de Leclanché.

Fig. 95. — Pile de Volta.

Si l'on met en communication les

deux fils d'une forte pile par l'intermédiaire de deux minces baguettes de charbon de cornue à gaz, ce charbon devient incandescent et fournit de la **lumière électrique.**

Sujet de rédaction.

Décrire une pile de Volta. Montrer comment on décompose l'eau avec cette pile, et indiquer quels sont les gaz qu'on obtient.

102e Leçon. — **Les aimants.**

Un **aimant** est un morceau d'acier qui a la propriété d'attirer le fer. Si l'on frotte une aiguille d'acier avec un aimant, elle s'aimante à son tour.

La **boussole** est une aiguille aimantée tournant sur un pivot. L'un des bouts de l'aiguille se tourne toujours vers le *nord.*

On obtient aussi des aimants par le passage d'un courant électrique dans un fil de cuivre recouvert de soie et enroulé autour d'une bobine dans l'axe de laquelle est placé un cylindre de fer doux.

Fig. 96. — Electro-aimant.

Si on rompt la communication du fil avec la pile, le contact C tombe, parce que le fer est désaimanté et ne peut plus le soutenir.

L'un des bouts du fil est en rapport avec un pôle d'une pile, et l'autre bout avec le second pôle. Si l'on interrompt la communication avec la pile en détachant l'un des bouts, le fer perd aussitôt son aimantation; quand ce bout est remis en contact avec le pôle, l'aimantation reparaît.

Les aimants produits par l'électricité s'appellent des **électro-aimants.** On accroît beaucoup leur force d'attraction en donnant à la barre de fer doux la forme d'un fer à cheval; chaque branche est alors enfoncée dans une bobine, et le même fil s'enroule sur les deux bobines.

Ce sont des électro-aimants qui constituent la pièce essentielle du *télégraphe électrique,* du *téléphone* et des *sonneries électriques.*

Sujets de rédaction.

1. Dites à un de vos frères plus jeune que vous comment on peut s'orienter le jour quand il fait soleil, la nuit par un temps clair, et quand on voyage sur la mer. Dites ce que vous savez de l'instrument qui sert aux marins à se guider (*Lotret*).

2. Qu'est-ce qu'un électro-aimant ? Comment en fabriqueriez-vous un ? Comment le feriez-vous fonctionner ? Usages des électro-aimants.

103ᵉ Leçon. — Le télégraphe électrique.

Le télégraphe électrique est basé sur l'emploi de l'**électro-aimant**. En voici une idée sommaire.

Supposons que l'on veuille établir un télégraphe de Lille à Paris. On place une pile à Lille et un électro-aimant à Paris. Les deux bouts de fil de l'électro-aimant sont soudés à deux fils télégraphiques tendus entre ces deux villes et aboutissant

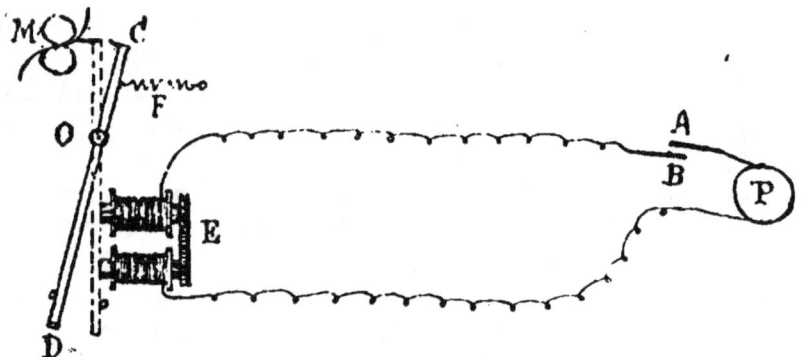

Fig. 97. — Figure théorique du télégraphe électrique.

P pile, *A B* communication (manipulateur) *E*, électro-aimant *R*, ressort à boudin, *CD* plaque de fer mobile autour du point fixe *O*, *M* cylindres entre lesquels se déroule une bande de papier.

aux deux pôles de la pile. Devant l'électro-aimant se trouve une plaque de fer maintenue à distance par un ressort. Si une personne placée à Lille touche avec les fils les pôles de la pile, aussitôt l'électro-aimant de Paris est aimanté et attire la plaque ; si elle éloigne les fils des pôles, l'aimantation cesse, et le ressort ramène la plaque en arrière.

La plaque est munie d'un crayon au-dessus duquel passe une bande de papier qui se déroule entre deux cylindres mus par un mécanisme d'horlogerie. Lorsque le crayon s'élève, il frotte contre le papier et y trace un point ou un trait, suivant la durée du courant. Avec ces deux signes combinés, on représente toutes les lettres de l'alphabet.

Il y a des télégraphes qui impriment des lettres sur la bande.

Sujet de rédaction.

Le télégraphe électrique. — Expliquez à quelqu'un qui ne le comprend pas, comment le télégraphe fonctionne.

MOIS DE JUIN

PROGRAMME. — *Chimie.* — Idée des corps simples. Oxygène. Azote, carbone, hydrogène, soufre, cuivre, phosphore. Fer, cuivre, étain, zinc, plomb. Mercure, or, argent, platine. Autant que possible mettre tous ces corps sous les yeux des élèves.

(*Voir les leçons 59, 68, 81, 84, 85 et 86*).

104ᵉ Leçon. — **Les corps simples.**

On appelle **corps simples** ceux que l'on ne peut décomposer. On en connaît aujourd'hui 70, qui comprennent des gaz, des liquides et surtout des solides.

On les divise en deux séries, les *métaux* et les *métalloïdes*.

Il y a une cinquantaine de **métaux**; les principaux sont: le fer, le cuivre, l'étain, le zinc, le plomb, le mercure, l'or, l'argent, l'aluminium et le platine. Les métaux sont remarquables par leur poids considérable, leur dureté, leur malléabilité, leur ductilité, leur sonorité, et par un brillant qui leur est propre, l'*éclat métallique*; ils sont bons conducteurs de la chaleur et de l'électricité.

Les corps simples non métalliques sont appelés **métalloïdes**. Les principaux sont le charbon ou carbone, le soufre et le phosphore, qui sont des solides; l'oxygène, l'hydrogène, l'azote et le chlore qui sont des gaz remarquables par le rôle immense qu'ils remplissent dans la nature. Les métalloïdes sont généralement mauvais conducteurs.

Sujet de rédaction.

Qu'est-ce qu'un corps simple ? Parmi les corps simples solides, citez une catégorie bien connue. Quelles sont les propriétés des métaux ? Quel nom donne-t-on aux corps simples qui ne sont pas des métaux ? Parmi ces corps, citez des solides et des gaz.

105ᵉ Leçon. — Le soufre. Le phosphore.

Le **soufre** est un corps solide qui se trouve dans le voisinage des volcans. Il fond facilement et brûle avec une flamme bleue en se combinant avec l'oxygène de l'air pour former un gaz suffocant, l'*acide sulfureux*.

Le soufre sert à la fabrication des allumettes, de la poudre, de l'acide sulfureux et de l'acide sulfurique ; on l'emploie aussi pour préparer des mèches soufrées que l'on brûle dans les tonneaux avant d'y soutirer le vin ou le cidre, pour soufrer les vignes afin de les préserver de l'*oïdium*. La médecine l'utilise pour guérir les maladies de la peau.

Le **phosphore** se tire des os des animaux qui en renferment sous forme de *phosphate de chaux* ; l'urine et les nerfs en contiennent aussi. C'est un solide jaune pâle, très dangereux à manier : il suffit de le frotter pour qu'il s'enflamme, et c'est un poison violent.

Le phosphore, coloré en bleu ou en rouge, sert à la fabrication des allumettes.

Beaucoup de plantes, les céréales surtout, renferment du phosphore et ne pourraient croître dans un sol qui n'en contiendrait pas en quantité suffisante. De là l'importance des engrais chimiques connus sous le nom de *phosphates* ou de *superphosphates*.

Sujets de rédaction.

1. Parlez du soufre. Ses propriétés. Que donne-t-il en brûlant ? A quoi sert l'acide sulfureux ? Usages du soufre (*Corse*).

2. *Le phosphore* — D'où le retire-t-on ? Usages du phosphore (*Cantal*).

MOIS DE JUILLET

PROGRAMME. — Idée des corps composés. Eau, sel marin, craie, couperose, vert-de-gris, rouille, etc. Indiquez les éléments dont ces corps sont composés. Propriétés et usages des principaux corps simples et composés.

(Voir les leçons 68 et 82.)

106ᵉ LEÇON. — **Les corps composés.**

On appelle **corps composés** ceux dans lesquels il entre plusieurs corps simples *combinés* entre eux.

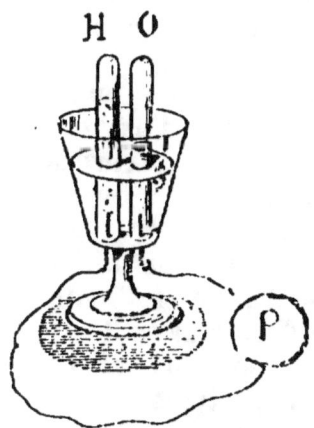

Fig. 98. — Décomposition de l'eau par la pile électrique.

L'hydrogène se dégage dans l'un des tubes, et l'oxygène dans l'autre.

Si l'on met un morceau de *sucre* sur le poêle rouge, il fond et répand des vapeurs ; à la fin, il reste du charbon. Les vapeurs qui se sont dégagées sont des substances qui, combinées avec le charbon, constituent le sucre. Le sucre est donc un corps composé.

L'eau est un corps composé, car on peut la décomposer en deux gaz, l'oxygène et l'hydrogène, à l'aide de la pile électrique. On peut aussi la recomposer en enflammant un mélange d'oxygène et d'hydrogène. La première opération est une **analyse** ; la seconde est une **synthèse**.

Il ne faut pas confondre un *mélange* et une *combinaison*. Dans un **mélange**, les corps en présence gardent leurs propriétés particulières et ils sont mélangés dans des proportions quelconques. Dans une **combinaison**, les corps sont unis intimement et dans des *proportions définies*, et leur nature est changée. L'air est un mélange, l'eau est une combinaison.

Sujet de rédaction.

Qu'est-ce qu'un corps composé ? Montrez que le sucre et l'eau sont des corps composés Qu'est-ce que l'analyse ? Qu'est-ce que la synthèse ? Montrez, par un exemple, la différence qui existe entre un mélange et une combinaison.

107e Leçon. — Principaux composés formés par les métalloïdes.

L'acide carbonique et **l'oxyde de carbone** sont des gaz composés de carbone et d'oxygène. Tous deux sont impropres à la respiration ; le second est un poison violent.

Le gaz d'éclairage est un mélange de plusieurs gaz combustibles composés de carbone et d'hydrogène.

L'acide sulfureux est un gaz suffocant qui s'obtient en brûlant du soufre dans l'air ; il est employé comme décolorant et désinfectant.

L'acide sulfurique ou *vitriol* est un liquide huileux très dangereux à manier formé par la combinaison du soufre et de l'oxygène. Il attaque la plupart des métaux et désorganise les matières organiques.

L'acide azotique appelé aussi *acide nitrique* ou *eau forte*, est un liquide vénéneux composé d'azote et d'oxygène. Il attaque tous les métaux, sauf l'or et le platine (gravure sur cuivre). Comme il attaque les substances animales, on s'en sert pour colorer en jaune la soie et la laine.

L'alcali volatil ou *ammoniaque* est une dissolution dans l'eau du gaz *ammoniac*, combinaison d'azote et d'hydrogène. On s'en sert pour dégraisser les étoffes, pour cautériser les morsures et les piqûres des animaux venimeux, et pour combattre la *météorisation* des animaux domestiques.

Sujets de rédaction.

1. L'acide sulfureux, l'acide sulfurique, l'acide azotique, l'alcali volatil ou ammoniaque. Composition, propriétés, usages.

2. Qu'est-ce que l'ammoniaque ? A quels usages l'emploie-t-on ? (*Lot-et-Garonne*).

108e Leçon. — Principaux composés formés par les métaux.

Le carbonate de potasse (acide carbonique et potasse) et le **carbonate de soude** (acide carbonique et soude), que l'on nomme dans le commerce *potasse* et *soude*, servent à nettoyer et à dégraisser. Le premier est extrait des cendres de bois ; le second se retire du sel marin et des cendres de plantes marines. En les chauffant avec un corps gras, on obtient du *savon.*

Le **sel marin** (chlorure de sodium) est un composé de chlore et de soude.

La **pierre calcaire** (carbonate de chaux) contient de la chaux et de l'acide carbonique. Chauffée au rouge, elle perd son acide carbonique et devient de la *chaux vive.*

Le **plâtre** (sulfate de chaux), que l'on obtient en cuisant le gypse, est une combinaison de chaux et d'acide sulfurique.

Le **sulfate de fer** ou *couperose verte* (acide sulfurique et oxyde de fer) est utilisé dans la fabrication de l'encre et en photographie.

Le **sulfate de cuivre** ou *couperose bleue* (acide sulfurique et oxyde de cuivre), est utilisé eu teinture et en médecine.

Les métaux s'altèrent à l'air et se recouvrent de **rouille,** corps composé de métal, d'oxygène, d'eau et d'acide carbonique. La rouille du cuivre, appelée **vert-de-gris,** est vénéneuse.

Le **salpêtre** (azotate de potasse) se forme dans certains milieux poreux comme la terre, les pierres calcaires, contenant de la potasse et des matières organiques en décomposition. La *poudre* est un mélange de salpêtre, de charbon et de soufre.

Sujets de rédaction.

1. Principaux composés formés par les métaux suivants : potassium, sodium, calcium, fer, cuivre. Composition, propriétés, usages.

2. *La lessive.* — Avec quoi et comment fait-on la lessive des tissus (toile, coton, laine, soie, etc.)? (*Aveyron*).

109e Leçon. — Le sucre.

Le **sucre** existe dans un grand nombre de plantes ; celui du commerce est fourni par la *canne à sucre* et surtout par la *betterave.*

On extrait le jus de la **betterave** en la *râpant* et en pressant la pulpe. Le jus va dans de grandes chaudières où il est cuit. Le sirop obtenu est mis dans des bassins appelés *rafraîchissoirs* où on le laisse refroidir pour le faire cristalliser ; on a alors de la *cassonade* ou sucre brut, qui est formée de petits cristaux de sucre mélangés avec de la *mélasse*, sirop épais et de couleur brune.

On débarrasse la cassonade de la mélasse et on la transforme en *sucre blanc* par le **raffinage** ; après l'avoir dissoute dans l'eau, on y mêle du noir animal, qui a la propriété d'absorber les substances colorantes, et on fait bouillir le mélange. On enlève l'écume, on filtre le sirop, on le concentre en le portant à l'ébullition et on le laisse refroidir dans des moules où il prend la forme de pains coniques.

Pour faire le *sucre candi*, on tend des fils dans du sirop de sucre : par le refroidissement, les cristaux se déposent autour des fils

Sujet de rédaction.

Dites ce que vous savez du sucre. Comment se le procure-t-on ? Sa fabrication, ses usages (*Aveyron*).

110ᵉ Leçon. — Les boissons fermentées.

Les principales **boissons fermentées** sont : le *vin*, le *cidre* et la *bière*.

Pour faire le **vin**, on foule le raisin et on met jus et grappes écrasées dans une cuve où a lieu la **fermentation**, c'est-à-dire la transformation du sucre en alcool sous l'influence d'une infinité de moisissures microscopiques appelées *ferments*. En fermentant, le raisin bout et dégage de l'acide carbonique ; au bout de douze jours, on soutire le vin.

Pour fabriquer le **cidre**, on écrase les pommes, on laisse la pulpe pendant un jour dans des tonneaux défoncés, puis on la presse pour en extraire le jus. Celui-ci est versé dans des tonneaux où a lieu la fermentation.

Houblon.　　Orge.

La **bière** est fabriquée avec de l'orge et du houblon. On

laisse séjourner l'orge dans l'eau ; il germe, et sa fécule se transforme en sucre, c'est le *maltage*. Le grain est ensuite réduit en une farine appelée *malt*. On *brasse* le malt en le remuant dans de l'eau chaude qui dissout ses principes solubles (sucre etc.) La liqueur est alors soutirée et aromatisée avec du houblon, puis on la fait fermenter en y ajoutant un peu de *levure* de bière.

Sujets de rédaction.

1. Savez-vous ce qu'on appelle fermentation ? Quelles boissons fermentées connaissez-vous ? Leurs usages et leurs dangers (*Loiret*).

2. Parlez de la bière et de sa fabrication (*Meurthe-et-Moselle*).

111e Leçon. — L'alcool.

Les *boissons fermentées*, ainsi que le jus fermenté des fruits sucrés, des céréales, de la betterave, de la pomme de

Fig. 100. — Alambic.

terre, etc., renferment de l'**alcool**. Le vin en renferme de 5 à 10 %.

On retire l'alcool du vin par la **distillation**. Cette

opération se fait dans un *alambic*, chaudière close surmontée d'un dôme ou chapiteau. Du chapiteau part un tube en spirale ou *serpentin* plongé dans une cuve (*réfrigérant*) contenant de l'eau froide

Lorsqu'on chauffe à 79 degrés le vin renfermé dans l'alambic, l'alcool bout et se vaporise. La vapeur circule dans le serpentin, où elle se refroidit et se condense. L'*eau-de-vie*, mélange d'alcool et d'eau, s'écoule par un robinet.

Pour avoir de l'alcool pur, on distille de nouveau l'eau-de-vie à plusieurs reprises afin d'éliminer l'eau qu'elle contient.

L'*eau-de-vie de marc* est obtenue en distillant le *marc* du raisin, c'est-à-dire ce qui reste après l'action du pressoir. Le *kirsch* s'extrait du jus de cerises ; le *rhum* de la mélasse.

Les liqueurs alcooliques ont les plus funestes effets sur la santé ; elles empoisonnent lentement et sûrement.

Sujet de rédaction.

L'alcool. — Comment l'obtient-on ? A quels dangers conduit l'usage habituel des boissons alcooliques ? (*Charente-Inférieure*).

MOIS D'AOUT

PROGRAMME. — Revision générale.

SUJETS DE RÉDACTION SUPPLÉMENTAIRES
Pour la préparation au Certificat d'études primaires

1. — Quels sont, chez l'homme, les organes de la digestion, de la respiration, de la circulation ? Dites quelques mots sur chacun de ces organes et sur la manière dont s'accomplissent les différentes fonctions de la vie (*Saône-et-Loire*).

2. — Ce que c'est que la tempérance. Ce que c'est que l'intempérance (*Aveyron*).

3. *L'asphyxie.* — Principaux cas où elle se produit. Premiers soins à donner aux asphyxiés en attendant l'arrivée du médecin (*Loir-et-Cher*).

4. *Un noyé.* — Une personne tombe à l'eau ; on la retire un instant après ne donnant plus signe de vie. Racontez l'accident et le sauvetage. Puis, étendez-vous sur ce que l'on a fait en attendant l'arrivée du médecin (*Côtes-du-Nord*).

5. — Que savez-vous sur l'hygiène de la peau, de la chevelure et des vêtements ? (*Morbihan*).

6. — Utilité des bains. Quelles sont les précautions à prendre avant, pendant et après le bain ? (*Loire*).

7. — De la propreté sur nos personnes, nos vêtements et dans nos habitations. Montrez que notre santé dépend en grande partie des soins de propreté (*Doubs*).

8. — Montrez comment la santé est précieuse, et dites ce que nous devons faire pour la conserver (*Deux-Sèvres*)

9. *Les sens.* — Leur utilité. Services qu'ils nous rendent. Inconvénients qui résultent de la privation partielle ou complète, totale ou momentanée, d'un de nos sens. Sentiment de pitié pour ceux qui se trouvent dans ce cas (*Haute-Loire*).

10. — Quels sont les organes qui nous font connaître le monde extérieur et nous mettent en rapport avec lui ? — Les animaux possèdent-ils les mêmes moyens d'information ? En connaissez-vous qui ont la vue très perçante ; d'autres dont l'odorat est plus développé que celui de l'homme ? (*Haute-Garonne*).

11. — Comparez votre chien et votre chat. Différences. Ressemblances. Qualités et défauts de chacun (*Loiret*).

12. — Comparez le bœuf et le cheval, la forme de leur estomac, les produits qu'ils donnent pendant leur vie et après leur mort. Les services qu'ils rendent. Comment doivent-ils être nourris? (*Charente-Inférieure*).

13. — Indiquer les services que le bœuf, le cheval et l'âne rendent à l'homme. Pourquoi doit-on traiter ces animaux avec douceur ? (*Dordogne*).

14. *La vache.* — Son portrait physique. Utilité. Soins. Nourriture. (*Pas-de-Calais*).

15. *Le mouton.* — Divers usages auxquels peuvent servir la chair, la graisse, les cornes, la peau et la laine du mouton (*Sarthe*).

16. — Indiquez les animaux domestiques qui vivent ordinairement dans nos maisons, autour de nous, dans l'étable, la basse-cour, et rappelez les services qu'ils nous rendent (*Finistère*).

17. — Quel est l'animal domestique que vous préférez ? Donnez des raisons de cette préférence (*Seine*)

18. — Le lait ; ses usages. (*Aveyron*).

19. — Quels sont les caractères des oiseaux ? Lorsqu'on compare une poule avec un chat, quels caractères communs, différents, leur trouve-t-on ? Indiquez les oiseaux domestiques que vous connaissez et ceux qui vivent à l'état sauvage Parmi ces derniers, quels sont ceux qui rendent le plus de services à l'agriculture et comment ? N'y en a-t-il pas, parmi eux, qui sont victimes de préjugés dus à l'ignorance ? Que pensez-vous de ces préjugés ? (*Creuse*)

20. — Qu'est-ce que la basse-cour ? Parlez des principaux oiseaux qu'on y élève. Importance de la basse-cour et des soins qu'elle réclame (*Seine-Inférieure*).

21. *Ne dénichez pas les oiseaux.* — Un enfant de votre âge vient tout joyeux vous annoncer qu'il a découvert un nid de pinsons. Il se propose d'aller prendre la couvée lorsque les œufs seront éclos. Vous l'amenez à changer de résolution et vous lui dites pourquoi, au lieu de prendre ces oiseaux, il doit les protéger. Rapportez votre entretien (*Ille-et-Vilaine*).

22. — En rappelant vos leçons de morale et d'agriculture, vous direz pourquoi il ne faut pas maltraiter ou détruire les oiseaux (*Haute-Garonne*).

23 — Dites ce que c'est qu'un reptile. Parlez des principaux reptiles que vous connaissez (*Aveyron*).

24. — Faites la différence entre un amphibien ou batracien et un poisson. Dites ensuite quelques mots sur les principaux amphibiens et sur les principaux poissons (*Tarn*).

25. *L'abeille et le ver à soie* — Dites sommairement ce que vous savez sur chacun de ces deux insectes (*Loiret*).

26. — Dites ce que vous savez sur les insectes. Citez des insectes utiles et des insectes nuisibles, et dites pourquoi ils sont utiles ou nuisibles (*Manche*).

27. *Animaux nuisibles* — Citez les principaux et dites la manière de les détruire (*Calvados*).

28. *Les végétaux.* — Diverses parties d'une plante. Rôle des feuilles ; des racines : que puisent-elles dans le sol ? Citez une plante utile à l'homme et dites quels services elle lui rend. Citez des plantes que l'on cultive pour leurs feuilles, leurs fleurs, leurs racines ou leurs fruits (*Seine-et-Oise*).

29. *Les racines.* — Leurs fonctions. Principales racines dont nous tirons parti dans l'alimentation et dans l'industrie (*Orne*).

30 — Dites ce que vous savez du pommier et du fruit qu'il nous donne (*Aveyron*).

31. — Montrez que la pomme de terre est une plante très précieuse. Indiquez avec quelques détails les différentes manières de préparer et d'accommoder les pommes de terre. Dites sous quelles formes on les consomme habituellement chez vous et comment vous les préférez (*Loiret*).

32. — Dites ce que vous savez des principales céréales. Culture. Usages (*Basses-Alpes*).

33 — Parmi les plantes dont on fait une très grande consommation,

dites quelle est celle qui vous paraît la plus utile et celle qui vous paraît la plus nuisible. Justifiez votre opinion (*Haute-Garonne*).

34. — Faites un exposé de ce que vous savez sur la culture, la récolte et la mouture du blé, la fabrication du pain et son importance dans l'alimentation (*Seine*).

35. — Du pain est sur la table. Vous songez à toute la peine que les hommes ont dû se donner pour le faire. Vous en concluez qu'il ne faut pas le gaspiller (*Doubs*).

36. — Dites très sommairement d'où proviennent les matières textiles servant à faire la toile et les étoffes de coton, de laine et de soie. Ce qu'il faut faire pour ménager ses habits (*Nord*).

37 — Ce que c'est que le coton ; dites très sommairement comment on se le procure, comment on le prépare dans l'industrie ; usages du coton (*Seine-Inférieure*).

38. — Les grandes forêts. Leur utilité. Les produits qu'on en tire (*Gard*).

39. *Le bois*. — Son importance au point de vue industriel. Citez les principaux arbres de nos pays en indiquant leurs usages (*Indre-et-Loire*).

40. *La vie d'un arbre*. — Comment se reproduit-il ? Division des arbres : arbres fruitiers et arbres forestiers. Citez ceux que vous connaissez de chaque catégorie. Dites un mot de la culture des arbres fruitiers (*Loir-et-Cher*).

41. *L'air et l'atmosphère*. — Nature, composition, couleur et poids de l'air. Son utilité pour les animaux et les végétaux. Combustion. Respiration (*Oise*).

42. *L'acide carbonique*. — Sa composition ; ses propriétés ; son rôle au point de vue agricole et au point de vue hygiénique (*Eure*).

43 — Le chauffage des appartements ; principaux appareils ; conditions que doit réaliser un bon appareil (*Drôme*).

44. — Dans une famille, deux enfants ont été asphyxiés pendant l'hiver dernier par suite de l'emploi d'un poêle économique dans leur chambre à coucher. Racontez brièvement l'accident. Vous expliquerez pourquoi il s'est produit Enfin, vous ferez connaître les diverses précautions que l'on doit prendre pour l'éviter (*Oise*).

45. — L'hygiène de la salle de classe ; propreté et ventilation (*Aisne*).

46. — Dans une lettre que vous écrivez à l'un de vos amis, vous lui expliquez quelles sont les causes qui peuvent vicier l'air dans les appartements que nous habitons, les inconvénients de cette situation et les moyens d'y remédier (*Finistère*).

47. — Enumérez les principales règles de l'hygiène, c'est-à-dire les meilleurs moyens de se maintenir en bonne santé, en ce qui concerne les soins à donner à notre corps, le nettoyage, l'aération, le chauffage des appartements où nous vivons (*Seine-et-Marne*).

48 — Votre maîtresse vous a fait une leçon sur les soins de propreté et sur l'hygiène. Rappelez les conseils qu'elle vous a donnés au sujet : 1º de l'aération ; 2º de l'eau ; 3º des bains ; et dites comment ces prescriptions doivent être observées, non seulement au point de vue de la santé, mais du respect envers soi-même (*Nord*).

49. — Voici l'été ; il convient de prendre certaines précautions particulières à cette saison pour ne pas tomber malade. Dites celles qui

concernent l'alimentation, l'habillement, les soins de propreté (*Mayenne*).

50. Les aliments. — Ce que nous mangeons. Comment il faut manger ? Ce qu'il faut boire. Ce qu'il ne faut pas boire. Montrez les services que l'eau rend à l'homme, aux animaux, à l'agriculture, au commerce et à l'industrie (*Lozère*).

51. — Faites connaître l'importance de l'eau, les qualités d'une eau potable et par quelle imprudence une eau de puits, de source, etc., peut devenir nuisible à la santé de l'homme et des animaux (*Var*).

52. — Toutes les eaux sont-elles bonnes à boire ? Comment peut-on rendre une eau potable ? Quelles sont les précautions à prendre pour l'emploi de l'eau en temps d'épidémie ? (*Loiret*).

53. — Avez-vous vu une pompe ? Si oui, dites de quoi elle se compose et comment elle fonctionne (*Manche*).

54 — Montrez, par plusieurs exemples, que les corps se dilatent par la chaleur et se contractent par le froid (*Calvados*).

55. — Un de vos amis, qui n'a pas appris la physique, vous demande ce que c'est qu'un thermomètre. Renseignez-le et dites-lui ce que vous savez sur ce petit instrument scientifique (*Loir-et-Cher*).

56. — Indiquez les trois états de l'eau et faites connaître les usages de l'eau à l'état liquide et à l'état gazeux (*Seine-et-Oise*).

57. L'eau. — Les différents états sous lesquels on la rencontre dans la nature. Indiquez les propriétés et les principaux usages de l'eau sous chacun de ses trois états (*Yonne*).

58. — Dites ce que vous savez de la vapeur. Montrez les immenses services qu'elle nous rend (*Jura*).

59. — Un de vos camarades vous demande d'où vient la pluie. Résumez-lui dans une lettre une leçon que votre maître vous a faite sur cet intéressant sujet Parlez-lui de la vapeur d'eau, des nuages, des brouillards, de la neige, de la grêle Dites-lui ce que devient l'eau quand elle est tombée sur la terre (*Tarn*).

60 — Dites ce que vous savez de chacun des phénomènes suivants : pluie, neige, grêle, gelée, verglas. Comment se produisent-ils ? Vous direz aussi en quoi ils peuvent être utiles ou nuisibles à l'agriculture (*Nièvre*).

61. La pluie. — Son origine Son utilité au point de vue de l'agriculture et de l'hygiène. Désastres qu'elle cause quelquefois (*Haute-Marne*)

62. Les nuages et la pluie. — Comment se forment les nuages ? Comment se transforment-ils en pluie ? Connaissez-vous un instrument qui indique que la pluie est prochaine ? Comment s'appelle-t-il ? Principe sur lequel il se fonde (*Yonne*).

63. — Expliquez comment les fleuves se forment. Causes qui font varier leur régime. Qu'est-ce qui produit les inondations, l'ensablement ? (*Loire-Inférieure*)

64. — A quoi servent les engrais ? Qu'appelle-t-on engrais chimiques et comment faut-il les employer ? Quels soins faut-il donner au fumier pour qu'il conserve ses propriétés fertilisantes, et comment s'emploie-t-il ? (*Loiret*).

65. La houille — Son origine. Son extraction. Régions de la France où on la trouve en abondance. Services qu'elle nous rend (*Côte-d'Or*).

66. — Où se trouve la houille ? A quels usages est-elle employée ? Quels en sont les avantages et les inconvénients ? Qu'arriverait-il pour le commerce et l'industrie si les mines de houille n'étaient plus exploitées ? (*Seine-Inférieure*)

67. — On parle, le soir en famille, d'une explosion de grisou qui a fait de nombreuses victimes Interrogé, vous dites ce que vous savez sur les mines, le grisou, l'extraction de la houille et ses usages (*Basses-Pyrénées*).

68. — La houille ; ses usages. Fabrication du gaz d'éclairage et du coke (*Saône-et-Loire*).

69 *Le charbon de bois.* — Comment on l'obtient. Ses usages. Dangers auxquels son emploi nous expose (*Gard*).

70 — Les combustibles et l'éclairage (*Meurthe-et-Moselle*).

71. — Dites ce que vous savez sur les divers procédés d'éclairage que vous connaissez, soit pour l'éclairage des appartements, soit pour celui des rues (*Morbihan*).

72. — Dites ce que vous savez de la métallurgie du fer. Qualités et défauts du fer. Ses variétés (*Haute-Marne*).

73 — Vous avez assisté à l'ascension d'un ballon. Racontez ce que vous avez vu. En quoi le ballon était-il fait ? Comment l'a-t-on gonflé ? Pourquoi s'est-il élevé dans l'air ? (*Basses-Pyrénées*).

74. — Décrire une ascension en ballon Services que l'aérostation a rendus et pourra rendre. Les aéronautes se munissent d'un baromètre, dans quel but ? Que se passe-t il quand ils parviennent à de grandes hauteurs ? (*Nord*).

75. *Le froid* — Quel effet produit-il sur l'homme et les animaux, surtout quand il succède brusquement à la chaleur ? Manière de se vêtir pour lutter contre le froid (propriétés particulières de la laine et des autres tissus). Que fait la nature pour les animaux à l'approche de l'hiver ? (*Marne*).

76. *La laine.* — Industrie de la laine. Ses usages. Utilité des vêtements de laine. Soins d'entretien à donner à ces vêtements (*Meuse*).

77. — Dites ce que vous savez sur l'orage. Parlez de la foudre, des dangers qu'elle présente et des précautions à prendre pour les éviter dans la mesure du possible (*Marne*).

78. — L'un de vos camarades se réfugie sous un arbre pendant que le tonnerre gronde Vous lui conseillez de s'en aller au loin et vous lui expliquez pourquoi il ne faut jamais chercher un abri sous un arbre alors qu'il tonne (*Mayenne*).

79. — Dans une lettre à une amie, vous indiquez comment vous faites disparaître les taches de diverses sortes qui peuvent se produire sur les vêtements (*Hautes-Pyrénées*).

80. — Faire voir que, à part certaines matières premières et certaines denrées exotiques, les produits de l'agriculture et de l'industrie, dans le département du Nord, peuvent donner satisfaction à tous nos besoins (alimentation, logement, vêtements, chauffage et éclairage, transports, besoins de la vie intellectuelle) (*Nord*).

TABLE DES MATIÈRES

COURS MOYEN

COURS SUPÉRIEUR

Litt. Imp. Camille Robbe.

IMPRIMERIE ET LIBRAIRIE CAMILLE ROBBE
Rue Léon-Gambetta, 209, LILLE

MÉTHODE DE LECTURE RICHARD

La méthode comprend :

Grands tableaux de lecture (6 feuilles). En feuilles ou sur carton.

Petit Syllabaire illustré à l'usage des écoles maternelles. » 10

Méthode de lecture, d'écriture et d'orthographe :

    1er livret : Syllabaire, brochure illustrée de 48 pages. » 20

    2e livret : Lectures enfantines, cart. ill. de 96 pages. » 35

    3e livret : Premières lectures graduées, vol. de 156 p. » 60

Cours de composition française théorique et pratique à l'usage des écoles prim., en 2 vol., par Richard :

    Cours élémentaire et moyen, partie de l'élève . . . » 75

    Cours préparatoire au certificat d'études et cours sup. » 90

Résumés d'enseignement moral et d'instruction civique, (cours moyen), par F. Dubus, 1 vol. in-12 cart. (8e édit.). . . . » 60

Résumés d'agriculture et d'horticulture (cours moyen et supérieur), par P. Déruelle. » 60

Arithmétique et Système métrique : Calcul oral et Calcul écrit.—1.300 exercices ou problèmes, par J. Plumecocq. 1 vol. in-12. 1 »

Arithmétique et Système métrique : Calcul oral, par J. Plumecocq . . . . . » 75

Leçons d'Histoire de France, par Jules Bodelle, 1 vol. in-12 cart., ill. de nombr. cartes et grav. 300 pages 1 20

Géographie du Département du Nord, par B. Marcel, 1 broch. avec 5 cartes . . . . . » 25

Notions de Géographie à l'usage du cours élémentaire. 1 broch. in-4° . . . . » 30

Résumés d'Économie domestique et d'hygiène, par une Institutrice, 1 vol. in-12, cart., de 80 pages . . . . » 60

Premier Cours de Langue française, par Richard, 1 vol. in-12 cart. . . . . . . » 60

Deuxième Cours de Langue française, par Richard, 1 vol. in-12 cart. 1 20

Le Chant à l'École et dans la Famille, par Octave Isoré, Directeur d'école, Professeur de musique à Roubaix, 1 vol. in-12, cart., de 160 pag. 1 20

Recueil de mots et familles de mots, par J. Thiéry (2e édition), 1 vol. in-12, cart., de 120 p. » 60

Tous ces ouvrages (édition Robbe) sont inscrits sur la liste des livres à mettre en usage dans les écoles publiques.

LILLE. IMP. CAMILLE ROBBE

www.ingramcontent.com/pod-product-compliance
Lightning Source LLC
Chambersburg PA
CBHW060826250626
47162CB00005B/1958